KB014814

CALL US
WHAT WE CARRY

불러줘 우리를,
우리 지닌 것으로

CALL US
WHAT WE CARRY

어맨다 고먼

정은귀 옮김

은행나무

다치면서 & 치유하면서

앞으로 나아가기로 한

우리 모두를 위해서

한국 독자들에게

이 책은 병 속에 담긴 메시지, 팬데믹에 대한 공공의 기억을 보존하려는 시도다. 이 순간의 상실과 교훈이 잊힐 수도 있다는 생각만큼 괴로운 것은 없다. 이 시집은 우리의 경험을 종이에 적어 내려가기 위한 나의 투쟁을 보여준다. 우리가 사용하는 언어를 되찾음으로써 우리가 누구인지 기억할 수 있기를. 이 책은 우리가 이 항해를 위해 함께 배에 오를 때, 당신이 읽고, 나누고, 지니고 갈 수 있도록 내가 당신께 드리는 선물이다.

사랑을 담아

어맨다

차례

역사와 비가는 서로 닮아 있다. '역사'라는 단어는 그리스어의 동사 ίστωρειν에서 왔는데 '물어보다(to ask)'라는 의미다. 규모라든가, 무게, 장소, 분위기, 이름, 성스러움, 냄새 등 이런저런 것들에 대해 물어보는 사람은 역사가다. 그런데 그 질문은 게을러서 하는 게 아니다. 당신이 무언가에 대해 물어보고 있는 바로 그때 비로소 당신은 그걸 극복했다는 걸 알게 된다. 그러니 당신은 그걸 해나가야 하고 그것이 스스로 하게끔 만들어가야 한다.

— 앤 카슨

선박의 적하목록

최악은 우리 뒤에 있다고 한다.
그래도 우리는 내일의 입술 앞에 쭈그리고 앉는다,
우리 자신의 집에서 머리 없는 귀신처럼 멈칫거리면서,
대체 우리가 뭘 하기로 되어 있는지
정확히 생각나기를 기다린다.

대체 우리는 뭘 하고 있어야 하는가?
세상에다 대고 세상의 딸로 편지를 쓰는 것.
우리는 사라지는 의미를 가지고 글을 쓴다,
차 앞 유리에 질질 흘러내리는 우리의 말들.
시인의 진단은, 우리 살아온 것이
신열 같은 꿈으로 이미 뒤틀려버렸다는 것,
그 탁한 정신으로부터 형상의 윤곽만이 떨어져 나왔다는 것.

설명할 수 있으려면 말을 만들어야 한다.
말해진 것이 아니라, 의도된 것을.
사실이 아니라, 느껴진 것을.
호명되지 않더라도, 알려졌던 것을.
우리의 가장 위대한 시험은

우리의 증언이 될 것이니.
이 책은 병 속에 담긴 메시지.
이 책은 하나의 편지.
이 책은 느슨하지 않다.
이 책은 깨어 있다.
이 책은 깨어 있는 흔적이다.
헤아리지 않은 기록은 무엇이란 말인가?
건져 올린 캡슐인가?
저장소인가,
말이 된 방주인가?
& 시인은, 간직하는 이
유령들 & 이득들을,
우리의 악마들 & 꿈들을,
우리의 악몽들 & 희망들을.
그토록 끔찍한 빛 한 가닥을
간직하기 위하여.

진혼곡 1

제발

분명히 지킨다고 해줘 [ ] 너 자신을 & 다른 이들을 & [ ] 마주하겠다고

[ ] 모든 [ ][ ] 사람들을 [ ] 시간 [ ] 속에서.

나무처럼 I

우리는
　　나무를 닮아—
보이지
　　않는 것은
우리 자신의
　　뿌리에 있다.
거리는
　　우리가 누구인가에
관한 우리의 가장
　　깊은 감각을
왜곡하고,
　　우리를 내버려둔다
뒤틀린 채로
　　& 소모된 채로
한겨울의
　　바람처럼. 우리는
우리가 태어난
　　것으로부터 멀어지지
않을 것이다.
　　우린 그것을

계속 간직할 것이다

잠시 동안,

조용히 앉아서

가지 위에서 흔들리며

집에 오길

거부하는

아이처럼. 우리는

간직할 것이다,

우리는

흐느껴 울 것이다,

우리가 또다시

우리의 세계를

어떻게

놓아버릴지

알고 있기에,

바로 이걸 위해.

처음에는

우리가 목격한 것들에 맞는 단어가 없었다.
우리가 서로 이야기를 나누자,
우리의 문장들은 전보처럼
정지되고 & 부자연스러워졌다.
우리 잘하고 있는 거겠지 /
할 수 있는 한 /
이 모든 시간에 /
전례도 없고 & 전사도 없는.

다른 사람들은 어떻게 하고 있는지 물을 때,
우린 정직하거나 완전한 답을 기대하진 않았다.
우리가 어떻게 살아 있는지를 어떤 말로 답할 수 있겠나?
아픔에 관한 한 우리는 보수를 받는 전문가가 되었다,
고통의 전문가들,
통증의 에이스들,
신음에 도통한 사람들.
3월이 몸서리치며 1년이 되고,
수백만의 외로움이 들썩들썩,
법석거리는 고독.
이처럼 정확하고 & 이처럼 붐비는 상처는
다신 없기를 우리는 기도한다.

가을에 나무들이 이파리들을 잊듯이
우리는 말을 잃기 시작했다.
우리가 말한 언어에는
이런 것들의 자리가 없었다, *신나,*
간절해, 웃음, 기쁨,
친구, 함께 모여.
남아 있는 구절들은
그 자체로 폭력이었다:
끄음찍했다!

하! 우리는 죽었다.
우리는 사망했다.
☠☠

해본다는 건 칼로 찔러보고
총으로 쏘는 거다.
알고 싶다, 누가 우리에게
도살장을,
빨강으로 작동하는 수사학을 만들어줬는지.
우리는 아이들에게 가르친다:
세상에 흔적을 남기렴.
이 지상에
흔적을 남기고픈 욕망 외에 무엇이

영혼들에게 총질을 하게 하는가?
세상을 할퀴어 세상을 자기 것으로 만든다.
그의 의도는 기억되고 싶은 것,
누더기 잔해로라도.
얘들아, 이곳에는 아무 표시 하지 마.
우리가 뒤에 두고 온 그것처럼
아무것도 남기지 마.

긴 문자 미안;
작은 단어들은 입에 없더라.
사랑이 우리의 혀들을,
그 이빨의 끝을 되찾게 하면서
우리는 재통합의 레토릭을 발견한다.
우리의 심장은 늘
우리 목구멍에 있다.

푸가[2]

우리 말 오해는 마.
우리는 지나간 걸 위해 쿵쿵거리고 있으니,
지나친 모든 것들은 더더욱—,
우리 가진 것이 우리 것이었을 때
고마워도 않고, 모른 척하던 우리.

우릴 숨 막히게 한 다른 틈이 있었어:
작별이라는 간단한 선물.
안녕, 우리는 다른 이에게 말하지—
고맙습니다, 당신 인생을 제게 바치셨잖아요.
안녕이라는 말, 우리 진심은 이거야:
다시 헬로, 인사하게 해주세요.

이것은 테두리가 없는 의혹:
모든 기침이 대재앙인 것만 같았고,
제일 가까운 모든 이가 잠재적인 위험 같았어.
우리는 각자의 재채기 & 훌쩍임을 지도로 만들었어,
우리가 멀리 도망쳤던 바이러스가
이제 우리를 관통하고 있는 게 분명했어.

여러 날 우리는 웅크려 잤고
그해를 우리는 울면서 보냈어.
나달나달 & 겁이 났어.

아마도 그것이 이 몸으로
살고 & 죽는다는 것의 의미.
우릴 용서해줘,
전에도 우리는 이 길을
걸어왔으니.

역사가 눈을 깜박였어,
우리의 시선 안 & 밖에서.
우리의 눈꺼풀들이
비틀대며 지나간 어떤 영화.

오늘 우리의 만보기에
우리는 천 개의 잘못된 걸음을 더했지
우리가 걸어온 한 걸음 한 걸음은
우리가 줘야 했던 것보다 더 많은 걸 요구했으니.

그 끝없는 본성으로,
'워킹 데드'[3]로 우린 하루하루 살았지,

질병 & 재난을 두려워하며.
가뭄 속 월계수처럼, 우리는
뼈가 쪼그라들 정도로 움츠렸어,
목구멍은 정신 나간 채굴장이 되고,
발은 굶주린 새끼 사슴처럼
자기 발을 밟았지.
우린 공포를 기다렸어,
리바이어던[4]이 일어나기 전에 리바이어던을 쌓으며.
그 요란한 깊이에서
머리를 잡아 뺄 수가 없었어.
불안은 살아 있는 육신으로,
우리 옆에 그림자처럼 서 있네.
우리를 사랑하기에
우리 옆에 머무는
불안은 최후까지 남는 유일한 짐승.

우리는 그해 이미
수천의 죽음들을 기입했지.
우리가 뉴스에 가슴-먼저 빠질 때마다,
머리-먼저, 공포-먼저,
우리의 몸은 *지금 뭐지?*로 팽팽히 긴장되고
하지만 누가 용기가 있어 *만약에?*라고 묻겠나,

우리는 어떤 희망을
우리 안에 비밀처럼 품고 있어야 하나,
　　　　사적이고 & 순수한,
　　　　　　두 번째 미소처럼.

우리가 좀 덜 친절하다면 미안—[5]
우리를 끝장내려는 COVID가 있었잖아.[6]
지금도 악수 & 포옹은 선물 같아,
우리가 얼떨떨하게 주고 또 받는 어떤 것.
그래서 우리는 찾아다니네
이런 느낌을 주는 어떤 것을:
우리를 낯선 이들과 묶어주는 우리 허파 속의 그 짤까닥,
우리가 제일 아끼는 사람들 사이에 있을 때
우리가 어떻게 본능적으로 자세를 바꾸는지,
휙 지나는 물고기 떼처럼 그렇게.
서로에 대한 우리의 관심은
　　　종양처럼 부푼 것이 아니라,
　　　　그저 탈바꿈한 것.

헬로라는 말은 이런 의미:

우리 다시는 작별 인사 하지 말아요.

기꺼이 대신 죽고 싶은 사람이 우리에겐 있다.

치열하고 흔들리지 않는 그 진실을 느껴보라,

버팀목을 댄 그 준비된 희생을.

그게 바로 사랑이 하는 일:

사랑은 두려움 너머의 사실을 마주하게 한다.

우리는 너무 많은 걸 잃고 또 잃었다.

물이 스스로 피 흘리는 방식으로

우리는 다시 서로에게 기댄다.

술잔에 얻어맞은 이 시간은, 잠시 멈췄다가,

장전된 별처럼 터져버리고,

늘 우리에게 속해 있는 그 시간.

우리, 무엇을 더 믿어야 하나.

학교는 끝났다

공지 사항이
도끼가 찍듯 퉁명스레 날아들었다:
모든 학생들은 가능한 한 빨리
캠퍼스를 떠나야 했다.

우리는 아마 울었지,
우리 뇌는 탈색되어 텅 비었다.
우리는 벌써 잊으려고 하고 있었다,
어떻게 살아야 할지,
뭘 주어야 할지.

❋ ❋ ❋

3월 15일을 조심해.[7]
우리는 알게 되었다, 무언가가
우리 사이에
소문처럼 만연해 있다는 걸.
냅킨에 흘린 물처럼,
더 가까이 피를 흘리는 사례들.

세상과 떨어진 채
자신을 믿는 타이탄[8]보다
더 걱정스러운 건 없다.

* * *

졸업식.
가운도 필요 없고.
무대도 필요 없다.
우리는 우리 선조들 곁을 걷고 있다,
그들의 북소리가 우리를 위해 울리고,
그들의 발이 우리의 삶에 쿵쿵 구르고.
빼앗기면서도 & 그래도 여전히
춤추기를 선택하는 것에는 힘이 있다.

집과 같은 힘은
없다

집이 지겨웠다,
넌더리 나는 집.
귀에 걸린 그 마스크는
그해 내내 매달려 있고.
일단 집으로 들어가면 헉헉대며,
떡 벌어진 우리 입을
덮어둔 거즈인 듯 붕대인 듯
마스크를 뜯는 우리를 본다.
얼굴이 없다 해도, 미소는 여전히
우리 뺨을 늘릴 수 있다,
이 뼈에서 저 뼈로,
눈에는 주름이 지고
라이스페이퍼처럼 섬세한,
꼭 그만큼 연약하기도 한 아름다움—
개 한 마리 구슬프게 우는 소리,
조심스레 다가온 다람쥐 한 마리,
사랑하는 사람이 던지는 농담 가락.
우리의 마스크는 베일이 아니라 하나의 관점이다.
우리가 다른 이에게서 보는 것이 아니라면, 우리는 무엇인가.

그동안 우리가 한 것

- ❑ 새로운 근육을 만들어 생생해지기,
- ❑ 운동하기,
- ❑ 표현하기,
- ❑ 집에 머무르기,
- ❑ 제정신을 유지하기,
- ❑ 오븐이 빵으로 요동치는 걸 보기,
- ❑ 파티를 할 구실로 반짝이는 우리 전화기.

체크리스트에 그은 선 옆에서,
사랑하는 사람을 붙잡고,
우린 자신을 줌비라고 느꼈지,
프리즘 감옥에 갇힌 얼굴들.
말하자면, 그 조그만 줌/동물원.[9]
그래 우리가 어떻게 다르게 할 수 있었겠는가?
죽지 않으려면 방법은 하나뿐.

일이 왜 이렇게까지 되었는지
우리 아이들이 완전히 파악하지 못한다면
그게 오히려 축복일 거야.

- ❑ 아이들이 그걸 까맣게 잊는다면
  그들에게 이 시를 주기.
- ❑ 그렇게 되더라도, 잊어버리기.

살아남기

우리 피가 이 말 사이로 흐르기 위해 이 말들이 붉을 필요는 없다.
비극이 우리를 끝장내려 할 때, 우리는 느낌에 푹 잠긴다;

동요하는 우리 얼굴, 여러 계절을 지나는 너른 들판처럼 삐뚤삐뚤하고.
어쩌면 그 몇 년의 세월은 금방 일군 밭에 뿌려진 씨처럼

짜이고 & 계획되고 있는지도.
꿈을 꿀 때, 우리는 본능으로만 행동한다.

우리가 누구인지 확신 못 할지도 모른다.
그래도 우리는 우리였던 모든 것을 견뎌왔다.

지금도 우리는 떨고 있다:
계시는 아프다.

이런 식일 필요는 없었다.
사실, 그럴 필요 없었다.

가버린 자들은 문턱이 아니었고/아니다.
우리 발밑에는 디딤돌이 없다.

그들이 우리를 위해 죽지 않았다 해도,
우리는 그들을 위해 움직일 것이다.

언제 이 상실이 우리처럼, 노래하고 또
노래하게 할지, 우린 다만 배울 뿐이다.

피상적인 것들

접촉-부족에다 &
살짝-굶주렸지 우리는,
따스함을 남김없이 먹어치우는
뒤집힌 불꽃처럼.
가장 깊은 절망이 걸신들린 듯
먹어치우고 & 먹어치우고 & 먹어치운다,
어떻게 해도 위장은 만족스럽지 않고.
이건 과장이 아니다.
멋지고 & 착하고 & 점잖은 모든 것은
사치품이 아니다, 그것의 공허감이
드넓은 전쟁의 선창으로 우리를 데려간다면.

우리가 꼼짝 않고 서 있어도,
우리가 잃어버린 모든 것들이
유령처럼 우리를 휩쓸고 지나간다.

우리가 살아온 것은
판독 불가능으로 남아 있다.

& 그래도 우리는 남아 있다.
& 그래도 여전히, 우리는 쓴다.
& 그래 그래서, 우리는 글을 쓴다.
해 질 녘의 곶처럼
우리가 안개 위로 움직이는 걸 보아라.
이걸로 우리가 씁쓸해질까?
아니면 더 나아질까?

비통해하자.

그러고 나서 선택하자.

& 그래서

하프를 연주하기(harp)는 쉽다.
희망하기(hope)란 더 어렵다.

이 진실은, 희게-몰아치는 하늘처럼,
전체로 느낄 수 있을 뿐, 혹은 전혀 느껴지지 않을 게다.
영광스러운 것은 조각조각 되는 게 아니었다.
두려움으로 흠뻑 젖어 있지만,
이 캄캄한 소녀는 그래도 꿈을 꾼다.
우리는 절대로 선로를 바꾸지 않는 태양처럼 웃는다.

슬픔은, 지나갈 때, 너무나 부드럽게 지나간다,
우리가 잡았다는 걸 막 깨달은
그 숨결의 출구처럼.

세상은 둥글기에,
서로를 외면하고 떠날 방법은
없다, 그럴 때조차도
우리는 함께 돌아오는 중이다.

어떤 거리는, 멀어지게 놔두면,
그저 가장 가까운 곳이 될 뿐이다.

베인 상처

상처를 주는 간단한 방법은 없다.

정말로 훼손된 것은 막혀 있고, 방해받고 있다.

:잘 들리지 않는다:

우리는 모든 면에서

이런 결말을 바꾸어야 한다.[10]

* * *

질병은 생리적 죽음이고,

외로움은 사회적인 죽음이다,

늙은 '우리'는 거기서 허파처럼 무너진다.

* * *

어떤 날, 우리는 단지 어떤 장소가 필요하다

평화롭게 피를 흘릴 수 있는 곳.

이에 대한 우리의 유일한 단어는

바로 시.

* * *

서로를 얼마나 그리워했는지

말할 수 있는 옳은 방법은 없다.

어떤 트라우마는 그 육신을 지나서 범람한다,

뼈로 경계 지어지지 않는 통증.

우리가 같은 영혼으로 옮겨갈 때

그것은 우리 모든 생명의 자상과 함께 간다.

아마도 고통은 이름과 같아서,

당신만을 위해 노래하도록 만들어졌다.

* * *

정식으로 사과드려요

우리의 뒤틀리는 손바닥들로부터:

우리는 여전히 상처받고 있는데,

하지만 지금, 우리는 더 이상 서로를

해치지 않는다.

온순하게 고칠 수 있는 길은 없다.

당신은 우리를 조심스럽게 망쳐야 할 거다.

깊은 슬픔

*트라우마*라는 단어의 기원은
단순히 '상처'가 아니라, '뚫기' 혹은 '돌아가기'다,
집을 찾을 때 칼날이 그러하듯.
슬픔은 슬픔의 문법으로 움직인다,
친밀감 & 상상력으로 조직되어.
우리는 종종 말한다:
슬퍼서 제정신이 아니야.
상상조차 할 수 없어.
그 말은 비통은 우리로 하여금 상상하게 한다는 뜻,
우리가 감당할 수 있다고 믿었던 것 이상을
혹은 살아남을 수 있다고 믿었던 것 이상을.
다시 말해, 깊은 슬픔이
존재한다는 것을.

우리가 살아 있는지 & 깨어 있는지
알게 하는 그것이 바로 상처다;
상처는 다가오는 그 모든 격렬하고
끔찍한 고통들을 우리에게 허락한다.

바로 그 갈림길에서 우리는
앞을 향해 돌려세워진다.

그 모든 심각한 것이
짐, 혹은 비통이 될 필요는 없다.
대신, 그걸, 닻이라고 불러보라,
슬픔은 우리를 슬픔의 바다에 좌초시키고.
절망은 들어온 것과 똑같은 방식으로 우릴 떠난다—
입을 통과해 돌아가기.
지금조차도 확신은 우리 혀에
이상한 마법을 행사하고.
우리가
쌓고/찾고/보고/말하고/기억하고/아는 것들로
우리는 다시 단련된다.
우리가 지니는 것은 우리가 살아남는다는 의미다,
그것은 우리보다 오래 살아남는다.
우리는 우리보다 오래 살아남았다.
한때 우리가 혼자였던 거기에,
이제 우리는 우리 곁에 있다.
한때 우리가 칼날처럼 뾰족하고 잔인했던 곳을
이제 우리는 다만 상상할 뿐이다.

인간은
얼마나
만신창이인가[11]

에식스 I

에식스호는 미국의 포경선으로 1820년 향유고래의 공격을 받았다. 스무 명의 선원 중 여덟 명만이 살아남았다. 이들은 바다에서 세 달 동안 표류하다가 구출되었는데, 그 비극이 허먼 멜빌의 소설 《모비 딕》의 모티브가 되었다.

비극을 가지고, 책을 쓰라.
보라. 우리가 익사하고 있는 동안만
우리는 우리의 발이 얼마나 격렬히 찰 수
있는지 알지 않나. 우린 망가졌고 망쳐서 절규
했네, 두툼한 바다여. 우리 안에 얼마나 더 심한
난파가 있는지. 우리가 보는 곳마다, 파괴된 육신이
있어. 우리는 글을 쓸 때 나(I)는 절대 쓰지 말라고 배웠지,
왜냐면 내 목소리를 지우는 것이 내 주장들을 합법적인 것으로
만들거든. 하지만 우리는 깨닫네, 그 어떤 것도 자아가 확신하듯이
확신할 수는 없다고 — 우리네 인생, 우리의 육신 & 그리고 그 자신의
삐죽삐죽한 점을 입증하는 육신의 맥박. 말해다오, 지워지지 않은 것보다
더 강렬한 것이 뭐가 있는지. 실종되어서 파도 위에서 여러 달을 떠돈
사람들, 자기네 얼굴 외엔 다른 어떤 얼굴도 못 보고, 뜨겁게 달구어진
바다에 표백된 이들. 기다리고 기다려라 맹수처럼 가시 돋친 소년들,
수염은 스카프처럼 가슴에 길게 내려오네. 생존한 어떤 것, 구조된 어떤
것이 그처럼 야만적일 수 있을까? 이것이 우리가 더 이상은 동물이 아닌,
조금은 더 인간으로 살아나는 그런 바다가 아닌가? 해골처럼 깡말라.
다리는 절뚝절뚝. 포박된 가슴. 그래. 하지만 인간인. 또 인간인. 다시 말
하자면, 우리는 우리가 사냥하는 것이 되네,[14] 우린 할 수 없이 우리 먹잇감
처럼 생각하기 시작하므로. 살해당한 것들이 밤의 걸쇠인 세계의 램프들의
연료가 되었지, 우리의 전 세기는 피로 환해졌던 것이지. 그 고래가 그
배를 학살했을 때, 분명히 증오가 한 생명체 안에 주인으로 깃들어 살
수 있었던 거야. 고래잡이는 전쟁에 나가는 것과 같아서, 우리는 그 읽을
수 없는 난파에서 돌아오지 못할는지 몰라. 이제 흔들거리는 작은 보트들

당시 대형 향유고래들은 고급 화장품이나 오일 램프용 기름 때문에 희생되었다.[12]

나는 당신에게 그냥 이야기가 아니라 난파선 이야기를 하고 있어요. 둥둥 떠다니는 조각들, 마지막에서야 겨우 읽어낼 수 있는.

—오션 브엉, 《지상에서 우리는 잠시 매혹적이다》[13]

위에서 표류하면서, 좌초된 선원들은 약속의 땅을 외면했지, 식인종들,
낯선 땅의 그 붉은 우화들을 무서워하여. 그 한 번의 결심이 그들의
공포를 성난 대양의 길이로 늘렸지. 우리는 과연 얼마나 달랐던가,
좀 덜 갈라지고, 넋이 덜 빠졌고 & 덜 헤맸는가. 상실은 해독할
수 없는 것. 파멸된 후에 당신은 구조될 수 있기나 한가.
지금 우리는 그들을 볼 수 있다, 열병의 여러 달 후,
그들의 그 푸른 악몽들 그 꼬리 끝에서,
친구들의 살이 그들의 이빨에 왈칵
쏟아져 내리고. 자기네 선원들 중
일곱을 먹어치웠지. 우리는 우리가
도망치는 것 & 우리가 두려워
하는 것이 된다네. 누가
빛의 비용을 지불할
수 있을까. 우리가
틀릴지도 몰라.
자주 틀리기도 하지.
하지만 우리는 우리가 배우는
유일한 길이 채찍과 비통, 재난의 화살
에 의한 거라는 것을 믿고 싶어 하지 않아.
대중적인 믿음과는 반대로, 우리가 거짓말을 하기란
쉽지 않아. 심지어 육신조차도 징조가 있어, 우리의 피조차도
진실을 향해 흐르는 법. 우리는 옳게 태어나 신뢰하고, 무한히, 결코
추방되지 않는 우리가 사랑하는 그 모든 것과 더불어. 보아라 — 우리 손바닥은
열려 있지만 비어 있진 않아, 피어나는 것처럼. 우리는 앞으로 걷고 있어,
바로 이 하나의 생을 또한 품고서.

불러줘

우리에게 이날을 허락해줘
우리를 멍들게 하는.

때로 우리 몸 절반 이상이
우리 것이 아니라서,

사람들이 배를 만들었다
인간 아닌 세포들을 위해.

그들에게 우리는
한 존재의 배,

필수적인 것.
하나의 나라,

하나의 대륙,
하나의 행성.

하나의 인간
마이크로바이옴[15]은 온몸을 비트는 모든 형식들

이 몸 위 그리고 안에서
우리 삶 밑에서 징집된.

우리는 내가 아니다—
우리는 우리다.

불러줘 우리를
우리 지닌 것으로.

또 다른 항해

모든 물은 완벽한 기억을 가지고 있고 원래 있던 곳으로 되돌아오려고 영원히 애쓰고 있다.

—토니 모리슨[16]

영어 명사 접미사 -ship은 선박과는 아무 관련이 없다.

오히려 그것은 '품질, 조건, 기술, 직무'를 의미한다.

그 접미사의 기원은 고대 영어 *scieppan*에서 유래했으며, '모양으로 만들다, 창조하다, 형성하다, 정해두다'를 의미한다.

단어 끝에 -ship을 더하면 의미가 바뀐다.

관련 Relation	→ship	관계
리더 Leader	→ship	통솔력
친족 Kin	→ship	연대감
어려운 Hard	→ship	고난

세상의 끝에 -ship을 더하면 의미가 바뀐다.

이 책은, 배(ship)처럼, 안에 들어가 살게끔 되어 있다.
우리는 둘씩 짝지은 그 동물들이 아니던가,
무거운 마음에, 발굽 있고, 뿔이 난,
우리 생명의 방주 안으로 행진하는.
우리, 포유류들은 넘치도록 표시되고,
내일로 약동하는 이날을.

* * *

싣는다는 것은, 일상용어로는, 하나의 짝으로 배치하거나 상상하는 것을, 두 사람이나 두 개의 물건을 함께 밀어 넣어 그렇게 운송하는 것을 말한다. 그것은 *관계(relationship)*의 축약된, 동사형 버전으로, 공허함이 있던 곳에서 사랑을 꿈꾸는 것이다.[17]

관계 Relationship → ship

가끔 그렇게 뽑은 것은 소거가 아니라,
확장이다.
그것은 상처가 아니라, 하나의 정점이다.
깊이 베인 상처가 아니라, 어떤 성장이다.

삶은 접미사 -ship을 가지고 와, 그걸 동사로 만들었다,
어떤 소리를 가지고 와
& 그것에 추동력을 주었다.

그건 낱말만이 할 수 있는 일—
새로운 것을 향해 우리를 추동하고
& 그렇게 함으로써, 우리를 더 가깝게 움직인다 → 함께.

어쩌면 우리 관계는 우리를 만드는 바로 그것이다,
동료애는 우리의 본성이기도 하고 우리의 필요이기도 하기에.
우리는 우리가 상상하는 것에 의해 주로 형성된다.

우리가 위태로워지기에
어떤 '그들'도 필요하지 않은
통합이 정말로 있다.
이것이 바로 사랑의 정의다.
서로를 안아주기 위해 우리는
인간을 미워할 필요가 없었고,
요동치는 심장들을 좋아하게 되는 걸
두려워할 필요가 없었다.

바다-없는 이 난파선 전체,
우리는 찾으려 했다
노란 육지가 아니라
같은 처지의 동료를,
서로가 있어야만
지도로 그려지는 해변들을.
검붉은(wine-dark)[18] 비통을 가로질러 나아가,

우리는 우리 자신에게 도착한다.

* * *

희망은 부드러운 새
이 지구가 아직도 집인지 보려고
우리가 바다를 가로질러 보내는.
우리는 네게 정직하게 묻는다:
그런가?

* * *

우린, 물처럼, 아무것도 잊지 않고,
모든 것을 내려놓는다.
낱말들은, 또한 물처럼,
일종의 씻어 내리는 타입이다.
낱말들을 통해서 우리는 우리 아닌 것들로부터
우리 스스로를 깨끗이 씻는다.
다시 말해, 낱말들은
우리가 손상 없이 정박하는 방식이다.
벌떡 일어나 & 으르렁거리자
우리가 태곳적 짐승이 된 것처럼.

깊은 곳에서

바다에서 요동치는 배처럼
우리는 뉴스 한가운데를 헤엄쳤다.
1년 동안 우리네 텔레비전은
하나의 등대였다, 온기 주는 일 없이
& 오직 경고로만 눈을 깜박였다.
우린 마치 밤에 번식하는 물건 같았어,
우리의 인간성은 동면에 들어갔고.
슬픔이 우리 팔을 묶어버렸다.
그 시간 내내, 우리가 가장 갈망했던 것은
다만 지금껏 우리가 사랑한 모든 것뿐.
* * *
핸들도 없이 술 취한
자전거처럼 무기력하게 돌아다닌 시간들.

언제까지.
언제.
일상으로 돌아가기,
우리는 반복한다, 지난 날을
소환하는 어떤 주문을.
* * *

과거를 그리워하는 것 이상으로
우린 과거를 애도한다.
정직하게 기억도 않고
규칙적인 걸 떠받든다.
우린 인정하지 않는가,
항상
일상이
식 식 거 리다가
&
죽을 수도 있다는 걸.

* * *

그래, 노스탤지어도 목적이 있다—
그 허깨비들로부터 실어 나르라,
돌아오지 않는 일자리들을,
엄마들 내지르는 비명을,
학교로부터 닫혀버린 아이들 마음을,
가족도 없이 치르는 장례식들을,
유예된 결혼식들을,
고립된 탄생들을.
다시는 누구도 그럴 필요 없게 하라
홀로, 시작하고, 사랑하고, 혹은 끝내야 하는 것을.

* * *

지구는 마법의 막(幕)이라;
매 순간 아름다운 어떤 것이
그 무대 위에서 사라진다,
그냥 집에 가는 것처럼.
유령이나 추억이 되는 것에 대해서라면
우린 어떤 낱말도 없다.
이 자리의 구성원이 된다는 것은
그 자리, 그리움의 경도(經度)를
기억하는 것.
이 비가는, 당연히 불충분해.
그대로 말해보라.
우리가 뒤에 두고 온 이들로 우리를 불러보아라.

* * *

우리를 사로잡는 것은 지난 일이 아니라,
보류된 것이고,
배척되고 & 배제되었던 것이지.
그 모든 검은 타격으로
힘껏 오므린 손.
우리는 이 환영들을 다 헤아릴 수 없다.
하지만 우리의 유령들을 두려워하지 마라.

유령들로부터 배워라.

* * *

바다처럼 천천히
우리는 고집스러운 헌신을 찾아 말한다:
할 수 있는 데서 우리 희망할지니.
연약하고 섬세한 수많은 일들에서
우린 그걸 찾았다—
충만한 가슴속 갓난쟁이의 깔깔 웃음,
우리 피부를 매끈하게 하는 6월,
여름 거리를 몽롱하게 하는 음악.
우리가 친구들 사이에 있을 때
아무것도 아닌 걸로 우린 어찌
그리 시끌벅적 웃을 수 있는지.
지붕에 뚫린 구멍을 통해
우리는 한 땀 하늘을 볼 수 있어.
우리 상처 또한 우리의 창문인 것을.
그걸 통해 우리는 세상을 보네.
* * *
기적을 위해 기도했지.
우리가 얻은 건 거울이었어.
잘 봐, 움직임 없이
우리는 함께 모이네.
우리 뭘 이해했지? *아무것도. 전부 다.*

우리 무얼 하고 있지?

듣고 있지.

이 연대감[19] 외엔
어떤 왕국도 필요 없다는 걸
우리 자신을 잃고 나서야 알게 되었네.
우리를 흔들어 깨우는 것은
바로 그 악몽이지, 절대
꿈은 아니야.

등대

나는 인간이다; 인간에 관한 모든 것이 나와 관계있다고 나는 생각한다.

—테렌티우스[20]

우린 한 번도 만난 적이 없고
& 여전히 서로를 보지 못하고 있다,
안개 속에서 흔들리는 두 등대.
우린 우리를 잡을 수 없었다.

올해는 어떤 해도 아니었다.
다음 세대들이 물으면, 우린
이런 식으로 되었다고 말하겠지:
삐걱거리는 텅 빈 운동장들,
셀러리 줄기처럼 똑바로 누인 육신들,
온기가 남아 있는 자국, 공휴일들,
모임들 & 사람들, 녹슬어버렸네
우리의 매캐한 두개골에서.
취소되고 흔들린 순간들,
줄거리 없는 게 아니라, 계획에 없던. 시간이 무 너 졌 다
다 만 하나 의 형체로
멍하니 느꼈던

(그래 말해줘: 시간이 뭐지?
우리의 비통을 표시하는 순환이 아니라면).
여러 달이 통으로 쓸려버렸다 재빨리 그러나 질질 끌며,
백미러에 갇힌 눅눅한 공허처럼.
우리 영혼은, 고독하고 & 엄숙하고.

그때, 우리의 공포는 오래되고 & 정확했다,
낡아빠진 옷처럼 닳고 & 빳빳했다.
공포가 우리의 가보가 아닐 때가 언제였나.
* * *
심장은 비통에 방을 내주고.
마음은 고통에 동화되어.
그래도, 우리는 그 창백한 평면에서 걸어 나왔다,
그냥 거기 남아 있어도 되는데.
희망은 고요한 항구도, 평온한 안식처도 아니다.
희망은 우리가 움켜잡은 바로 그 기슭으로부터
우리를 잡아당기며 울부짖는 것이다.

우리 서로 만난 적은 없지만,
우린 내내 서로를 감지해왔다,
앞으로 나아가려는 의지로
드넓게 불 밝혀, 조용히 & 헤매면서.
그 어떤 인간도 우리에겐 낯선 사람이 아니다.

나침반

올해는 바다만큼이나
토할 것 같아.
페이지처럼, 서로에게 열렸을 때
우리는 읽을 수 있을 뿐.
책이란 무엇인가
기다리고 & 원하는,
육신이 우선 아니라면—
온전함을 갈망하며,
그 자체로 충만하다. 이 책은
우리끼리 꽉 차 있다. 과거는 하나의
열정적인 데자뷔라서,
이미 본 하나의 장면이고.
역사의 형식 안에서, 우린 우리의 얼굴을 발견한다,
알아볼 수는 있지만 기억은 나지 않는,
익숙하지만 이미 잊힌 얼굴들을.
제발요.
우리가 누군지 묻지 마세요.
비탄의 가장 힘든 부분은
이름을 붙이는 것.

입술이 말을 하려는 때처럼
고통이 우리를 갈라놓는다.
언어 없이는 어떤 것도 살아갈 수 없다
전혀, 자신을 넘어서는
것은 고사하고.

우리 비록 길 잃은 느낌이지만,
연민보다 더 나은 나침반은 없다.
가장 많이 보인 것이 되지 말고, 가장 많이
보는 것이 됨으로써, 우린 우리 자신을 발견한다.
아장아장 아기가 따뜻한 풀밭을
내달리는 것을 우리는 바라본다,
도망가지 않고, 다만 달린다, 강물처럼,
그런 건 구속되지 않는 그 본성 안에 있으니.
우리 온 얼굴이 그 눈부신 것 하나로
맑아져서 우린 웃어본다. 우리,
어떻게 변하지 않을 수 있겠나?

헤파이스토스[21]

집중해봐.
이 오류의 시대에
넘어져서,
우리는 잔해 속에서 다시 길러졌네.
우리에게 무슨 일이 생긴 거야,
우린 물어보았지. 진정한 탐구.
우리가 마치 영향을 받기만 한 이들인 듯,
그런 두서없는 트라우마를
얻게 된 수신자이기만 한 듯.
마치 우리가 구부러진 뱃머리로
우리 울부짖음을 보내지 않은 것처럼.

일어날 때처럼 추락할 때도
우리는 똑같이 일하네.
항상 기억해
우리에게 생긴 일은
우리를 통해 생겼다는 걸.

우리가 눈을 감기 전에
빛에 얼마나 가까워질 수 있는지
궁금하네.

우리가 우리의 그림자보다 더한 것이 되기 전에
얼마나 오래 그 어둠 견딜 수 있을까.

집중해봐.
걱정은 빛이야
우리가 늘 서로에게 진.
* * *
이건 우화가 아니야.[22]
자기 가지에 걸리는 과일처럼
우리 자신 속으로 내려가.
우리가 무엇이 되어야 하는지
그 분명한 낙하가 바로 시작이야.
* * *
계단에서 발을 헛디뎠다고 치자—

우리 혈관을 강타하는 충격—

—우리의 발이 땅을 용서하더라도.
피가 혈관 속에서 삐죽삐죽 부딪치며
우리가 썩기 쉽다는 걸 상기시키지
하지만 펴져 있어, 시퍼렇게 산 채로.
  가끔씩

　　　그 추락은

　　　　우리를

　　　　　　더

　　　　　　　　우리 자신이게끔

　　　　　　　　　　　해주고.

매일 우리는 배우고 있다

매일 우리는 배우고 있다
편안함이 아니라 본질과 더불어 사는 법을.
미워하지 않고 서둘러 나아가는 법을.
우리를 넘어서는 이 고통을
우리 뒤에 두는 법을.
기술이나 예술처럼,
실천하지 않고 우리가 희망을 지닐 수는 없다.
그게 우리가 우리 자신에게 요구하는 가장 근본적인 기예다.

밧줄, 또는 속죄[23]

〔헨슬리 웨지우드, 《영어 어원 사전》, 1859〕[24]

우리를 생선-먹이로 불러다오.
우리는 예언자가 아니다.
우리는 수익이 아니다.
오롯한 한 해가 전부 삼켜졌다,
마치 거대한 입에 삼켜지듯.
다른 무엇이 참아 넘길 수 있겠나?
우리 심장들, 상처로 비대하고
모두 & 모든 것이 지옥-
같이 끔찍해, 자기 숨결, 자기 시절을
미끼로 물고 있는 바다처럼.
자신의 전부를 붙잡고 있는 듯.

오래간다는 건 떨어져 있다는 뜻
함께, 서로의 거리에서는 가깝게.
삶의 일부가 되기 위해,
우린 삶에서 떨어져 있어야 했지,
　　　　　　살아 있지만 외롭게.
그건 생존에 의한 죽음이었지.

* * *

　　　*속죄(atone)*라는 말은
중세 영어 에(at) & 하나(on(e))가 맞물려
나온 말, 글자 그대로는 '하나로', '조화롭게'.
17세기 후반경에, *속죄*의 의미는:

'화해를 하고, 그래서 어떤 고통도 견디는 것
화해에 이르기 위해 어떤 희생이 필요해도 견디는 것.'

우리의 유일한 희망이 헤엄치네,
밑에서 자신을 끌어당기는 긴수염고래처럼
그 거대함을 도무지 알 수 없지만.
& 우린 지금 너무 괴롭지만,
우리는 아직도 서 있다
금빛 해변처럼 찬란히,
그 모든 전조에도 불구하고
온유한 자가 땅을 바로잡을 것[25]이라는 증거로.

* * *

우리를 오디시스(Odd'Sis)[26]라고 불러다오,
수 마일 피 흐르는 거리처럼 악랄하게.
우리의 신들은 인간들에게 빚지고 있다 징조를.
　　　　　말하자면, 해답을.
우리는 이 시의 몸속에 한 대대(大隊)를

숨겨놓는다, 숲속의 늑대처럼 사나운.

힘과 생존은 별개의 것.
견디는 것이 항상 도망가는 것은 아니고
& 시든 것도 여전히 견딜 수 있다.
남자들이 그들의 아멘을 고치는 것을 우린 지켜본다,
낱말들이 그들의 손에서 펄럭이고.
시는 그 자체의 기도,
가장 가까운 낱말이 뜻대로 된다.

이 전투에서 10년째 되는 해에 오거라,
그림자들이 우리 안에 자유로운
세입자로 있도록 더는 허락하지 않겠다.
머리 위로 쏟아지는 이 밤으로부터
우리는 뛰어내릴 것이다.
우리 안에서 죽어가는 누군가 없이는
우리는 변화할 수 없는 법.
＊＊＊
우리를 엑소더스[27]라 불러다오,
열 번도 넘게 역병에 시달려,
우리가 보는 건 다 붉기만 하고.
시처럼, 의도적인 언어는

상처처럼 우리의 영해를 갈라놓으려 한다,
또 슬퍼하고 & 베푸는 바다를 발견하려 한다
그럼 그 바다 걸어서 건널 수 있으니.
* * *
아니.
우리가 고래다,
그처럼 거대한 심장을 가지고
울부짖지 않을 수가 없다.
돕는 것 외 다른 방법은 없다.
선택권이 주어진다면, 우린
선택된 이들 가운데 있지 않고
변화된 이들 가운데 있을 것이다.

일치는 그 자체로 경건한 일,
우리가 행하는 그 단어,
너무 큰 비탄에 빠져 전할 수 없다.

미래는 얻어지는 것이 아니다.
미래는 속죄받는 것이다,
역사와 하나 될 때까지,
집이 기억 이상이 될 때까지,

우리가 소중히 여기는 이들을
가까이 품을 수 있을 때까지.

우리는 얼마나 경이로운 난파인가.
따로 떨어진 & 추운 웅크림에서
서로를 바싹 붙이는 우리.
하룻밤 사이 돋아난 덩굴처럼,
우린 이 필멸의 땅에서
비참하게 다다르고 있었으니
그래도 우리는 줄어들지 않는다.
새로 태어난 이날을 위해서라도,
우리 삶을 되찾아보자.

지상의 눈들

투명하게 빛나는

겨울을 나는 나무처럼
옷을 다 벗으면, 우리 어떻게 보일까?
윤기 나는 딱지들, 촘촘하게 돋아난 피부,
어떤 달빛에서는 이런 것들이 은빛으로 보일 수도.
다른 말로 하자면,
우리의 상처들은 우리의
가장 밝은 부분들.

* * *

초승달,
투명하게 빛나는 밤의 병변.
그 아래서 우리는 잘린 떡갈나무,
나뭇가지는 텅텅 비었네.
더 자세히 보라.
우리가 공유하는 것은
우리가 흘린 것보다 더 많다.

* * *

또 우리가 공유하는 것은 껍질 & 뼈들.
고생물학자들은 화석화된 대퇴골에서
어떤 종족을 꿈꿀 수 있고,
아무것도 없었던 곳에서
육신을 믿게 만들 수도 있다.
우리에게 남은 것들은 계시,
우리의 레퀴엠은 랩투스.[28]

우리가 흙으로 구부러질 때
우리는 피부 없이
보존되는 진실이다.

❋ ❋ ❋

*루멘*은 장기 안에 푹 들어간
공동, 문자 그대로 개구부,
& 빛의 흐름 단위를 의미한다,
문자 그대로, 그 근원이 얼마나 빛나는지를
재는 것. 우리를 환히 밝혀보아라.
다시 말해, 우리 또한,
불길의 실체가 있는 단위이다,
럭스[29]가 뚫고 나가는 틈새다.

❋ ❋ ❋

죄송해요, 불이 그랬나 봐요
우리한테 장난치네요, 우리는 말한다.
눈꺼풀을 손마디로 문지르며.
그러나 발광(發光)의 허상들을 만드는 것은
아마도 바로 우리일 것—
별들에게 장난치는 우리 그림자들.
그들의 시선이 끌어당길 때마다
그들은 우릴 괴물이라고 생각하겠지, 그리고 사람들,
맹수들, 그리고 다시 사람들,
짐승들, 그리고 존재들,
공포들 & 그리고 인간들.
모든 별 중 가장 아름다운 것은
괴물에 지나지 않는다,
우리처럼 굶주리고 & 좌초된 괴물.

인생

인생은 약속된 것이 아니라,
추구되는 것이다.
이 뼈들은, 발견된 것이 아니라,
우리가 싸웠던 것이다.
우리의 진실은, 우리가 말한 것이 아니라,
우리가 생각했던 것이다.
우리의 교훈은, 우리가 얻은 모든 것
& 우리가 가져온 모든 것이다.

경보음

우리는 죽어가는 세계의 / 딸로서 쓰고 있다 / 새로-마주한 경보처럼. / 수학에서, 슬래시[30]는 / 솔리더스[31]라고도 불리는데 / 나눗셈, 나누이는 걸 의미한다. / 우리는 나뉘었다 한 사람에게서, 한 / 사람씩. / 어떤 슬픔들은, 강물처럼, 건널 수 / 없다. / 그 슬픔들은 걸어서 건너서는 안 되고 / 옆으로 나란히 걸어야 한다. 우리의 상실은 / 거대하게 피어나 / 절대로 잃어버릴 수가 없다. 지구를 사랑하라 / 실패한 것처럼. 쉽게 말하면 / 우리는 지구를 난파시켜왔다는 것 / 대지를 더럽혀왔다는 것 / & 이 땅을 좌초되게 했다는 것. / 들어보라. 우리는 이 지구 위에서 / 그처럼 소란스러운 조종(弔鐘). / 우리의 미래는 우리가 / 깨어나길 원한다. 인간은 하나의 신화 / 만들어지고 있는. / 지금 먼지가 된 것들은 돌아오지 않을 것, / 우리가 사랑하는 사람들도, / 그들의 숨결도, / 달콤한 것이-허물어지는 그 빙하들도, / 시어빠진 자기네 노래를 / 씹고 있는 까마귀들도, / 부옇게 내려와 덮친 그 아래 / 베이어 / 누운 / 그 모든 종족들도 돌아오지 않을 것이다. / 멸종은 하나의 합창 / 조용히 주먹질하는/ 똑같은 음표를. 결코 되돌릴 수 없는 것은 / 그래도 기억 안에서 / 입으로 / 마음속으로 / 만들어낼 수 있다. 분명히 말하자면 그건 / 그 이야기의 / 절반만 / 말하는 것이다.

지상의 눈들

우리 무슨 짓을 한 거지.
지금 우리의 턱은 꽉 닫혀 있고
어깨는 귀까지 못 박혀 있고 뼈는 잔혹한 전투
차비를 하고 있다. *다음 세대를 생각하라*는 말의 뜻은:
매일 바로 이 땅이 우리 밑에서 망쳐지고 있다는 것, 우리가 모두에게
지구의 종말을 가져오고 있어서, 이 지구의 모든 것의 종말을. 우리 또한
고통스러울 만큼 새로운 걸 상상하고 싶다고 말할 때 제발이지 우릴 믿어줘. 보상은
우리가 소유한 땅에 있는 것이 아니라, 우리가 빚진 바로 그 땅에 있다는 걸, 처음
부터 우리가 도둑질했던 그 흙 & 그 노동에 있다는 걸. 이보다 더 장려한 정상회담은
없어: 마실 수 있는 물; 숨 쉴 수 있는 공기; 산들바람 속에서 만들어지고 & 흐릿해
지는 새들; 천상을 향해 육중한 숨을 쉬는 나무들; 아이들은 *깔깔* 웃으며 & 풀밭에
서 반짝이네. 처음으로 간절하게 청하니, 우리는 이 지구를 되찾아야만 해. 이제 우
리에게 지구를 구하라 간청하네. 우리는 세상을 고쳐야 하는 아이들과 소리치네,
이제 용기만으로는 충분하지 않기에. *젊은이들이 우릴 구해줄 거요,* 그들은 말
하지만, 그조차도 그것만의 분출. 우리 짧은 인생들이 이제 미끈한 머릴 가진
괴물들을 목표로 하네, 우리가 첫 번째 젖은 울음소릴 내기도 전에 이빨
부터 키운 괴물들. 지난 질서의 세대들이여, 우리의 구원군이 아니라,
우리의 신병이 되어라. 아, 우리가 어찌 우리 부모님들이 붉고
& 불안하길 바라는가,[32] 우리가 그러하듯 다름을
위해 거칠게 죽어가기를.

나무처럼 II

나무처럼,

　　　우리는 항상

자세히 살피고 있다

　　　열기를,

우리의 눈

　　　이 아니라

우리 육신의

　　　흐릿함으로,

우리 안에 박힌

　　　그 천상의 것들.

위로 비스듬히,

　　　거기에서는

방법들이 있기에,

　　　앉아서

기쁨이 이 상처를

　　　발견하게 할 방법들,

심지어

　　　우리가

상실이

우리 머리

주변을

낮은

소리처럼

씻게 할 때도.

서로

서로의

최선에서

우린 이해하고

& 시작한다.

포로

우리의 거리에 동물들이 넘쳐났다
대답이나 음식을 요구하며,
그들의 것이었던 것을
여기에서 회수하러.
우리는 이름도 없는
욕구에 휩쓸렸다, 자연과
푸르게 느슨해진 하늘과,
금빛으로 흔들리는 별들을 바라는.
그해 6월, 우리는 신발을 벗어 던졌다,
여름으로 끈적끈적해진 발, 그러곤
다른 누군가의 잔디밭에 앉았다,
풀잎이 우리 발가락에 김 서리게
하려는 듯. 우리는 아직도 그 풀밭에 있다,
우리 눈망울들을 깜박이며,
우리의 범선은 흔들리고 있다
상상 가능한 산들바람 때문이 아니라.

[감금된 동물들은 상동행동으로 명명된 행동을 보여줄 것이다, 목적도 기능도 없는 반복적이고 & 똑같은 행동들. 상동행동의 몇 가지

예들은 가령 계속해서 서성거리는 것, 과도하게 털을 다듬는 것,
흔들거리고, 발길질 하고, 너무 많이 자고 & 자해하는 것 등.]

우리의 소장품(기억)
은 우중충 & 폭풍을 맞았다.
고립은 그 자체의 기후다.
6개월이 지났고 & 우리가 매 순간 무얼
잃어버리고 있는지 우린 여전히 알 수 없었다.
우리네 집에서 여러 날 우리 자신을 스토킹하고,
완전히 의지를 잃고, 끊임없이 격노하고.
손톱을 질겅질겅 마디까지 물어뜯었고,
이빨을 갈아서 우주먼지가 되게 했고,
오염되지 않은 기억들을 자꾸만 뒤집었다
행운을 비느라 우리 마음속에서
동전 하나를 닳도록 비벼대는 것처럼.
우리는 매일 지구의 죽어가는 이들과
함께 걷는다. 우리 목구멍 뒤에
축적되는 희망들, 어떤 멸종.
'정상'은, 정확히, 무슨 뜻이지요?
정확히, 무슨 뜻이지요?

[코끼리, 말, 북극곰, 짧은꼬리원숭이 & 인간들. 상동행동은 야생에서는 볼 수 없기 때문에, 그것은 우리에 갇힌 유기체의 정신건강이 좋지 않을 때를 잘 보여주는 지표로 간주된다. 그래서 상동행동들은 비정상으로 불리게 된다 (혹은, 오히려, 포로가 된 환경이 진짜로 비정상이다). 더 작은 철창들이 상동행동을 악화시킬 수 있다. 포로가 된다는 것은, 그렇다면, 자기 자신의 표현 방식으로 제시되는 것이다.]

똑같은 사피엔스들, 답변 & 변화를 요구하며
우린 우리의 거리에 범람했다.
사랑하는 것은 책임지는 것
우리 자신 & 서로서로에게.
자연에 대한 우리의 욕구는
기원에 대한 욕구,
초록이 뒤엉킨 곳
우리가 가장 중요하지 않은 곳
& 그래도 어떤 것만큼은 우리가 중요한 곳.
우리는 각 장기의 정렬된 두근거림을 헤아려본다
우리를 직립의 포유류로 만드는 파동.
개미들 사이에서, 가끔은 여왕개미조차도
자신의 죽은 동료들을 운반하고 & 매장해야 한다.

다만 이 불패의 심장이 되기 위해서
우리가 주려는 모든 것을 집계할 수는 없다.

[감금된 상태에서, 그 동물은 같은 식으로 자꾸 & 자꾸, 같은 시간에 자꾸 & 자꾸, 같은 장소에서, 자꾸 & 자꾸, 그 행동을 연출하여 같은 결과를 얻을지도 모른다. 우리가 묘사하는 것은 정신이상. 혹은 2020년.]

공포에 너덜너덜해진 지역이 없는 날도 아마
있을 것이다, 다만 푸르게 엮인 창공만.
이 행성의 아름다움은,
바라보는 걸 우리가 기억한다면,
우리를 아기처럼 멍하게 만든다.
돌본다는 것은 우리가 맹세하는 방법
우리가 여기 있다고,
우리가 있다고.
우리가 떨치고 탈주하는 방법은
바로 이거다.

팬

팬데믹은, 모든 사람을 의미하고.
팬더모니엄은, 모든 악마를
의미하고. 판도라는 선물
받은 모든 것을 의미한다.
팬은, 자연의 신을
의미하고. 모든 사람들은
의미를 가지고 있고, 모두
악마적이고, 모두 선물받았고. 그건
우리의 신성한 본성 안에 있다. 우리는 이제
안다 판도라의 상자는 약간 열려 있던 병이었다는
것을, 피토스[33](오역으로 말하자면, 가공된 이야기로
기억될 위험까지도 감수하는 것), 즉 곡물, 기름 & 심지어
죽은 이[34]를 담는 저장 용기였다는 걸. 우리 모두 우리
슬픔을 내려놓을 곳이 필요하다. 그걸 어디다 둘까. 그
배는 품었다, 모든 역병, 모든 고통 & 모든 희망을.
당황하지 마. 대신, 동료에게 의지해. 우리는 대체
무엇인가 우리가 지고 가는 관을 열고 싶은
호기심이 아니라면, 우리가 풀어놓은 그
모든 것들 아니라면 우린 대체 누구인가.

기억술[35]

기념비

이야기를 할 때,

우리는 살아 있는

기억이다.

고대 그리스에서 뮤즈들, 발이 앙증맞은 기억의 딸들은, 예술가들에게 영감을 주는 존재로 간주되었다. 우리로 하여금 창조하게 하는 것은 아는 것이 아니라 기억하는 것. 이건 왜 그처럼 많은 위대한 예술이 트라우마, 향수, 혹은 증언에서 탄생하는지를 설명해준다.

하지만 왜 두운(頭韻)인가?
왜 그 진동하는 타악기이고, 음절들의 현인가?
과거를 다시 당신 안으로 두드려 넣는 것은 바로 시인이다.

시인은 이야기를 '말하기' 혹은 '수행하기'를 초월하고 & 대신에 그 광활함을 기억하고, 만지고, 맛보고, 가둔다.

지금에서야 이전에 고립되었던 *기억*이 우리 안에서 안전한
피난처를 발견할 수 있다.
우리의 굶주린 입을 짓누르는 이 모든 얘기들을 느껴보라.

선(先)-기억

매리언 허쉬는 홀로코스트 생존자들의 아이들이 부모들의 트라우마에 대한 기억과 함께 성장한다고 상정한다; 다시 말해, 그들은 자신들이 개인적으로 경험하지 않았던 시련들을 기억할 수 있다. 허쉬는 이걸 포스트메모리라고 부른다. 주서영은 자기가 포스트메모리 한이라 부르는 것, 한국인들의 집단적 슬픔의 개념인 한에 대해 논한다. 포스트메모리 한은, 그렇다면, 이전 세대부터 한국계 미국인들에게 전해져 내려온 한이다. 주서영은 이렇게 쓰고 있다: "포스트메모리 한은 일종의 역설이다[36]: 기억되는 경험은 가상인 동시에 실제이고, 간접적인 동시에 낯익고, 오래전인 동시에 현재이다." 짐 크로의 채찍질 같은 휘파람, 그 또한 흑인들의 몸을 통과한다, 태어나기도 전에 말이다.

***

트라우마는 깊고 & 믿을 만한 계절과 같아서, 창문에 널빤지를 덧대게 하는 그런 힘이다.
심지어 트라우마가 지나갈 때도, 그 거친 길을 울부짖으며
트라우마는 우리의 현관으로 되돌아올 것이다.

우리는 부끄러워지는 게 싫어서 좋은 것은 모조리 다 파괴한다.
이 장소를 떠나고도 사랑하는 것은 얼마나 쉬운가.

* * *

이런 방식으로, '집단기억'은 기억되기 위해서 직접 경험될 필요가 없는 것이다. 슬픔, 치유, 희망은 첫 번째 사람에게 의존하지 않고 & 종종 많은 사람들을 통해서 소환된다.

이와 유사하게, 스페인어에서는, 다른 언어들과 마찬가지로, 동사 활용형이 종종 대명사를 대신한다. *Llevo*는 '내가 지니고 있음'을 의미하고. 대명사 *yo*('나(I)'를 뜻하는)는 불필요하게 된다. '나'는 없는 게 아니라 이미 가정되어 있다. 예를 들어, *Lleva*는 그 자체로 그녀/그/그것/당신이 운반한다는 걸 의미할 수 있다. 비슷한 게, 기하급수적으로는 아니어도, 포스트메모리에서 발생한다. 포스트메모리는 솔로가 아니라 합창단이어서, 충성스러운 우리는, 남들보다 우위에 있지 않고, 그들 사이에 있다. 트라우마는 다음과 같다: 나/그녀/그/당신/그들/우리가 기억한다. 나/그녀/그/당신/그들/우리가 거기에 있었다.

* * *

서로 옆에 있어도, 그것은 공포 속에 있었다.
고통을 근접성으로 착각한 사람이 또 누가 있을까?

우리 입에서 나오는 말은 한마디도 믿지 마라.
우리는 물에 빠지지 않기 위해 무슨 말이든 할 것이다.

* * *

선-기억은 하나의 현상인데 우리는 우리가 여전히 경험하고 있는 것을 기억한다고 가정한다. 이렇게 우리는 지금의 현실을 집단기억으로 이해한다, 심지어 말해진 현실이 계속해서 펼쳐지는 와중에도. 기억해내는 것은 한 사람에게만 속한 것이 아니다. 사건이 발생한 시간 순서로 분명한 종결이 있는 것도 아니다. 이렇게 말할 수 있다: 나/그녀/그/당신/그들/우리가 알고 있다. 나/그녀/그/당신/그들/우리가 여기에 있다.

* * *

흉터가 말을 할 때까지 찔러보라.
모든 기억은 이렇게 시작된다.

우리는 머리를 두 개로 나누어 수그린다,
오래전에 울리던 메아리 속으로.

* * *

살면서 비극이나 희극을 경험할 때, 우리 중 어떤 이들은 벌써 이렇게 생각한다: *이 일은 다른 이들에게 어떻게 전해질까? 과연 말해질 수 있을까? 우리한테 무슨 일이 일어났는지 그 이야기를 우린 어떻게 시작할 수 있을까?*

선-기억은 국민으로서 우리가 누구인지를 규정한다. 어떤 경험을 할 때 우리는 경험을 잊고, 지우고, 검열하고, 왜곡할 것인가, 그래서 그 경험이 온전히 기억될 수 없도록? 아니면 물어보고, 지니고 갈 것인가, 간직하고 공유하고 듣고 진실을 말할 것인가, 그 경험이 다시 반복되지 않도록?

그것이 집단기억상실증과 집단기억의 도덕적 차이다.

스토리텔링은 발화되지 않은 기억이 예술이 되고, 예술품이
되고, 사실이 되고, 다시 느껴지고, 자유로워지는 방식이다.
제국이 세워졌고 & 파괴되었고 다시 세워졌다. 표현되지 않고,
탐색되지 않고, 설명되지 않고 & 터지지 않은 기억처럼 그처럼
위험하고 그처럼 고통스러운 것은 없다. 슬픔은 항상 터지는
수류탄이다.

* * *

이 주변에서 미소는 죽지 않고 & 장전되어 갑자기 나타난 별과 같다.
죽기 위해 사는 것은 피할 수 없는 운명이지만 구제할 수 있다.

지금까지 우리가 아는 전부는 우리가 아는 것에서
너무 멀리 떨어져 있다는 것이다.

누구를 불러야 할까?[37]

유령들을 지키는 것 외에 쓰는 것은 무엇이란 말인가?

— 캐머런 오쿼드-리치, '유령의 출현에 대한 에세이'[38]

우리는 유령들을 깨운다,
주로 답을 얻기 위해서다.
그네들의 기억을 위해
유령들을 찾고
& 똑같은 이유로 유령들을
두려워한다는 뜻.
우리 나라는, 그늘의 땅.
하지만 우리 말고는 어떤 유령도 없다.
누구든 무엇이든,
우리가 소환한다면,
그게 부드러운 우리 자신이게끔 하라.
❋ ❋ ❋
유령처럼, 우리도 할 말이
너무 많다. 우린 해낼 것이다,
묘지에 있다 해도.
우리는, 여기에서처럼,
굶주리고 & 쫓긴다.
과거는 우리가 집으로 데려가는 곳,
우리의 형식은 모든 밝은 것들 안에서
다시 한번 유창하다.

언제

이 거대함을 우리는 잊어버린다, 그 신비들을 적어왔기 때문에 그건 여전히 우리 것이 될 거다: 다른 이들이 감히 하지 못했던 것을 우리가 했음을. 우리는 모든 눈부시고 & 위험하고 & 꿈꾸었던 상처들을 모았고, 그것들을 폐기했다. 그것들을 지도로 만들 낱말들이 우리에겐 아직 없었음에도.

누군가 우리를, 이것을, 기억할 것이다, 다른 때라도, 다른 이름으로라도.

팔로 우리 자신을 감싸 안는다, 마치 우리 안에 있는 우리 전부를 우리가 간직할 수 있는 것처럼—우리를 이처럼 불가사의한 자국으로 만들어주는 그 모든 것을. 아마도 내일은 오늘이 되기 위해 기다릴 수 없을 것이다.

이 한 생에서, 우리는, 기쁨처럼, 덧없지만 확실하다, 추상적이고 & 절대적이다, 빛나고 & 빛나는 유령들.

죽음의 어두운 *계곡*[39] 또는 엑스트라! 엑스트라! 모조리 읽어보세요!

진실을 쓸 것을 약속한다.

끝까지 우리와 함께해달라.

낱말은 이렇게 피어난다, 바이러스로 그다음 몸속으로 & 그다음엔 그 몸이 다른 몸속으로.

그 '스페인' 인플루엔자는 스페인에서 발생한 것이 아니었다. 사실, 첫 번째로 기록된 사례는 미국에서였다 — 캔자스에서 1918년 3월 9일(3월을 경계하라). 하지만 스페인은 제1차 세계대전에서 중립국이었기 때문에, 그 질병에 대해 대중들에게 알리는 기사를 검열을 하지 않았다.

진실을 말하는 것은, 그렇다면, 가상의 이야기로 기억될 위험을 감수하는 것이다. 수많은 나라들이 서로에게 비난을 퍼부었다. 미국이 스페인 독감이라고 부른 것을, 스페인은 프랑스 독감, 혹은 나폴리 병사라고 불렀다. 독일에선 러시아 해충이란 말을 고안했고, 러시아에선 중국 독감이라고 불렀다.

모르는 게 약이라고들 한다. 무지는 이런 거다: 나무를 몰래 기어오르는 덩굴, 독으로 죽이는 것이 아니라, 빛을 차단함으로써 죽이는 것.

1882년 중국인 배척법[40]은 모든 중국인 노동자들이 미국으로 이민 오는 것을 금했다. 그 법은 최초로 '합법' & '불법' 이민을 구별하기 위해 만든 미국 연방법이었다. 여러 세대에 걸쳐서 중국인 이민자들을 콜레라 & 천연두의 매개체로 정형화한 결과 그 법이 서명되었다.

다시 말하지만, 낱말이 중요하(했)다.

하나의 민족 전체를 희생양으로 삼기 위한 첫 번째 단계는 그들의 가치를 폄하하는 것이고 — 그들을 다만 공포의 숙주로 부르는 것이다. 우리 안에 있는 어떤 것은 새 친구가 이름을 우리에게 말해주지 않을 때마다 회개한다, 자칫 우리 혀가 그에 대해서도 폭력을 가할 수 있으니 그걸 막으려고 말이다.

유산은 직접적인 회상이 아니라 간접적인 다시 말하기를 통해서 전해진다. 따라가는 이들은 이 시간을 기억하지 못할 것이나, 이 시간이 반드시 그들을 따라갈 것이다.

죽 따라가라.

이 불화는 너무 오래되어서 우리 모두의 화석을 만들고, 더 이상 완전한 우리 것이 아닌 & 그래도 여전히 우리 것인 역사는 결코 이해될 수 없다.

스페인에서는 *vale*('발레'로 발음되는)는 여러 의미가 있다: '그래', '알았어', '좋아', '그래 좋아'. 동사 *valer*는 '경비가 든다, 가치가 있다'

이고, 영어 단어 *value*와 비슷한 의미, 그런데 스페인어에서 *vale*는 다른 공명으로 퍼져나간다.

비록 '아시아 콜레라'라고 불리지만, 그 질병은 유럽에서 번성했다. 천연두는 원래 아시아인들이 아니라 유럽의 침략자들이 아메리카 대륙에 갖고 온 것, 수백만의 원주민들을 죽음으로 몰아갔다.

가끔, 우리는 우리의 괴물들을 침대 밑에서 불러내어서 그/그녀/그것이 우리 얼굴을 하고 있는 것을 봐야 한다.

어떤 이들은 우리의 낱말들을 끔찍이 싫어할 것이다 그 낱말들이 우리 같은 얼굴에서 튀어나오기 때문에. 1918년 독감이 유행해 시카고에 상륙했을 때, 시의 공중보건 담당관 존 딜 로버트슨은 남부의 짐 크로 인종 분리법의 탄압을 피해 북부 도시로 도망쳐 온 아프리카계 미국인들을 비난했다. 똑같은 호수가 품어 안고 있는 도시에서 우리의 할머니 & 어머니가 태어날 것이었는데, 1918년 7월 8일, 〈시카고 데일리 트리뷴〉지는 헤드라인을 이렇게 달았다: "50만 깜둥이들이 남부[41]에서 북부로 더 나은 삶을 위해 몰려들었다."

머물러 있어. 우린 약속해, 어디든지 우리는 갈 거니까, 됐지?

Vale?

〈트리뷴〉지의 기자 헨리 M. 하이드는 다음과 같이 썼다[42]; 흑인들은 "어둡고 비위생적인 방에서 여럿이 함께 살아야 한다; 그들은 무방비로 열린 술집들과 더 질 나쁜 다른 술집들의 유혹에 끝없이 둘러싸여 있다."

억압하는 자는 언제나 이렇게 말할 것이다 억압받는 자들은 붐비는 새장이 그대로 아늑하고 & 안락하기를 원한다고; 주인은 주장할 것이다, 노예들의 사슬은 좋고, 괜찮고, 무사한 걸로 이해되었다고 — 다시 말해, 전혀 사슬이 아닌 걸로.

인종적 모욕은 우리를 포유동물로 만든다, 덜 자유롭긴 하지만.

한마디로, 욕은 우리를 짐승으로 만드는 소리다.[43]

이 이야기는 절대 좋게 들리지도, 이해되지도, 괜찮지도 않을 것이다: 1900년 미국 공중보건국 의무국장 월터 와이먼은 페스트를 "쌀을 먹는 이들에게만 나타나는 동양의 전염병"이라고 묘사했다.

그건 마치 우리가 누굴 속이고, 무슨 메시지를 트위터로 전달하는지뿐만 아니라, 우리가 먹는 것으로만 우리가 규정되는 것과 흡사하다.

그는 죽어 있었다.

우리 뜻은, 그가 완전히

틀렸다는 것.

언어보다 더 오래 살지 않는 것들을 통해 우리는 언어를 완전히 이해할 수 있을 뿐이다.

이런 식으로, 무지는 우리를 능가하는 소리다 — 파랑, 검정, 노랑, 빨강, 가엾은 무지개 같은 것. 스페인어에서, 정관사는 훨씬 더 자주 사용된다. 파랑이 아니라 그 파랑, *el azul*. 그 깜둥이, *el negro*. 그냥 역사가 아니라, 그 역사. 많은 과거가 거품처럼 드글드글하는데, 우리가 어떤 과거를 용서하고 있는지, 혹, 있다면, 그걸 분명히 해야 한다는 듯이.

우리 나라, 대단하지 않아서 포기하는 게 아니라 선함으로써 찾아야만 하는 것.

선량함은 우리가 날말들을 새로운 어떤 것으로 움직이는 방법이다: 일종의 은총 같은 것. 스페인어에서 *가치(value)*를 뜻하는 단어는 *용맹(bravery)*도 뜻한다: valor. 용기에

는 어떤 대가가 따르고, 대가를 치르지 않으면 아무런 가치가 없다.
무엇을 위해 & 누가 더 지불할 것인가. 이걸 조금이라도 이해한다면, *vale*라고 말해보라.
이 행위는 스스로 말한다. 마치, 머리를 손에서 들어 올린다는 건 우리가 밤이라 부르는 그림자로부터 벗어나기 위함이라는 걸 안다, 라고 말하려는 듯.

하늘이 안 보이는 깊이를 우린 걸어왔다. 그게 우리가 다만 무사히 있기 위해 치러야 했던 비용이다.

이 느낌은 고통, 혹은 시, 혹은 둘 다가 될지 모르겠다. 하지만 적어도 그건 거짓은 아니다.
무지는 더없는 행복이 아니다. 무지는 놓치는 것: 하늘을 보지 못하도록 우리 스스로를 막는 것.
우리는 맹세한다, 편지 끝자락처럼 진실 전부를 쓰기로.
우리를 볼 수 없거나 보이지 않는, 그보다 못한 존재로 만드는 모든 것에 안녕을 고하라. 우린 용감하고, 꼿꼿한 짐승이라, 우린 미끄러지듯 움직여서 오래-살아온 파랑의 곡선을 벗어난다. 그 약속이 우리 사이 유일하게 또렷한 진실이다. 하늘은 거대하고, 부정되지 않지만 & 이해된다. 아마도 아무도 빛의 값을 치를 수는 없을 것이다. 우리는 전력을 기울여 어떤 온기든 잡아 묶는다.

과거로 돌아가기

때로는 축복도 우리를 피 흘리게 한다.

목숨을 잃은 사람들이 있다
& 우리가 잃어버린 사람들도,

우리 지금 누구에게 다시 들어갈 것인가,
우리의 누군가가 모두 부드럽게 소환되었다.

우리가 시간 여행에 가장 근접하게 될수록
우리의 두려움은 누그러진다,

우리의 상처들은 펴지고,
우린 서로 더 닮아간다,

예전의 우리 자신에게로
우리는 돌아간다,

우리가 정말로
어떤 것 혹은 어떤 사람이었던 때 이전으로—

즉, 우리가 아무 미움 없이 & 어떤 방해 없이
태어났을 때, 축축하게 울부짖으며

아직 우리가 되지 못한 모든 것과 함께.
시간을 거슬러 돌아간다는 것은 기억하는 것이다

우리 자신에 대해 아는 것이 오직 사랑이었던 때를.

속죄

삭제

다음 몇몇은 삭제의 시들이다, 무슨 뜻이냐면, 이 시들이 일부를 추려낸 기록들이란 말, 누군가는 이걸 사라진 그해, 그 긴 해, 그 장갑의 해, 그 사랑 없는 해라고 부르게 될지도. 파괴적이지 않고 & 건설적인 삭제를 위한 열쇠는 발췌 대신 확장을 만들어내는 것이라. 그건 삭제가 아니라 확장, 그 확장을 통해 우리는 낱말들이 흐르는 표면 아래의 저류, 그 물 밑의 글쓰기를 찾는 것이지. 그건 낱말들이 익사하는 걸 막는 방법. 이렇게 해야 펜은 더 좋아지고,
더 영감을 주고, 더 탐색하고, 육신을 드러내고, 진실을 드러내고,
늘 존재했음에도 역사 & 상상에서 추방된 목소리들을 드러내게 된다. 이런 경우에, 우리는 발견하기 위해 지우는 것이다.

애도[44]

우리의 재앙은
세실리아의 죽음을 말하는 것—

불가능해요

이 전염병이 덮쳐서
　　　　　　　　여기로 몰려와
급속히 퍼졌어요

정기적인 활동들 중지되고
　　　　　　　　그것에만 오롯이 매달렸답니다

가능한 모든 것을 거의 다 잃어버렸어요

아픈 사람은 그 아픈 한 사람이 아니었지요

느끼고 싶군요

　　　　　　　　이 아픔을

비용도, 시간도, 수고도 아끼지 않고요.
우리 다 같이 끝장날 수도 있었는데

이 나라에 덮친 이 병은
다른 어느 곳보다 여기가 더 심했기에

아직 갈 때가 아니었는데

전염병이 다시 시작된 이상
지금 우리 할 일은

우리 자신을 믿는 것뿐입니다[45]

어떤 간호사의 편지

모두 죽어야 하는데
우리가 운이 좋은 것 같아
우릴 믿어
우린 거기 있었고 & 당분간 더 있으려고 했어,
우리가 이름 붙일 수 없는 것들을 하나의 줄로 죽 연결한 집
아!
가장 먼저 죽은 사람이 확실히 우릴 불안하게 했어
해가 뜨는 것도 정말 끔찍해
& 그래도

매일
우리는 호출되고 & 기다려,
운이 좋으면, 우리 자신을 찾을지도 모르지.
우리 손에서 그 생명을 쥐어짤지도
할 말이 너무 많아,
어떻게든 통과할 거라고는
우린 믿지 않아
정상적인 1년

이제 기억할지도 몰라.
모든 학교, 교회, 극장, 댄스홀 등
여기서도 다 문을 닫았어.
상원에 법안이 있어.
희망 외엔 다른 도리가 없어.
하! 하!
우리가 죽지 않았다면
써야 해
써야 해
되기 위해서
하기 위해서
—에게[46]

[우리 것]

올바른 경의를 표하기 위해
흑인들을 위해—
아버지의 죽음을 위해.
그들을 위해서 오지는 마.
이게 우리 의견이야—
유언, 그 말에 따라서
진행될 거야.
흑인들은 다 빚을 감안했어,
우리에게 권리가 있는 부분들을.
일종의 유행성 감기가
모든 사업 & 시설을 다 장악해서
건강이 나빠졌는데,
우린 회복했어,
간단히 절개를 해서
이 믿기지 않는 농
양은 치료됐어.
계속 함께해줘.[47]

셀마 엡[48]

그들은 떨어져 있었다.
아픈 채로.
소망하는 사람들—
신이시여, 이 병을 가지고 가주세요.
모두가 점점

약해지고 & 더 약해지고.
가장 강한 자가
모두를 데리고 갔다.
저항하라.
대니얼은 두 살이었다;
그냥 어린아이였다.
그의 몸이 그를 데리고 가버렸다.

도너휴 가문[49]

대개 사람들은

　　　　　떨어지고

사람들은　　　　　　죽어

사람들은　　　　　　죽지 말았어야 했다.

대부분이 이민자들이다.

이 사람들은 '약속의 땅'으로 왔다.

생생하게 왔다

& 그들은

파괴되었다.

도너휴
가족의 거래 장부[50]

우리네 보통의 시대는 말해준다
어떤 사람이 누구였는지,
어디서 살았으며, 무엇 때문에 죽었는지.
하지만 우리는 엉성해지고
& 혼란스러워지고, 삭제되고,
가장자리에 휘갈겨진다—
비극 & 혼란을
추적하기란 거의 불가능하다.
우린 하지 않았다.
우리가 아는 이들을 우리는 묻었다.
낯선 사람들을 우리는 묻었다.
어떤 여자아이.
사람들을 돌보는 것은
온당한 일이었다.
우리에게는 책임이 있었다.
하단에 휘갈겨 쓰인
그 '소녀',
'이 소녀는 참호에 묻혔다.'

이 소녀가 우리의 참호였던 거다.
그곳 말고 그 아일 어디에 두겠나?

DC 폭동[51]

미국
국회
의사당
은 느낄
수 있었다
그 끔찍한 밤
번쩍이는 대기에
서 그것이 보여준
그 팽팽한 긴장을 최악은
아직 오기 전이었다 — 워싱턴은
어떤 것으로 들어가는 것의 선명한 공포를
보여주었다, 무엇인지 우린 아직 몰랐지만.
우리는 조용히 움직였다 — 전체적으로 & 으스스
하게. 우리는 국가를 만드는 것에 대해 여러 복합
적인 감정을 이미 경험했는데, 하지만 어떤 것도
이와 같지는 않았다. 우리가 진실로 깨닫기에는
거의 불가능한 어떤 것이었다, 남자들과 여자들이
떼를 지어 공격하고, 추격하고, 질질 끌고, 때리고 죽였다는 것을 국회의사당 돔의 그 그림자 안에서, 백악관 앞문 바로 거기서. 공포에 질린 사람들을 보리라 우리는 기대했는데; 우리가 본 것은 겁에 질린, 공포에 사로잡힌, 우리 자신이었다. 총성이 그 밤을 환하게 했지만, 우리는 우리가 집을 지키고 보호해야 한다고 결심하게 되었고, 그 결심이 우리를 침착하게 만들었다. 그래도 팽팽한 긴장이 여전히 있어서 끔찍한 것들 거칠게 반복하고 — 그 사람들이 누구든, 그 사람들이 우리를 굳게 마음먹어 만나게 했다. 어둠은 이미 발생한 일들과 관계가 있었다. 폭동의 원인은 — 계획된 것이 분명했는데 — 희생자들에게 가한 그들의 행동에 의해 인종폭동의 씨앗이 되었다. 국회의사당이 넘어갔고 — 그건 지역적으로만이 아니라 국가적인 문제의 원인이 되었다. 최근 여러 해 동안에는 없던 군중 폭력 — 똑같은 것을 만들어내곤 하던 그 약속. 그 시간 동안 아마도 워싱턴은 충격받아 말 못 하는 바보처럼 서 있었다; 어떤 말은 겁을 먹어 펴지고 또 펴졌고. 백인들이 다시 공세를 취했다. 급습. 밤은, 침체되진 않았지만, 다시 동요되었다; 법이 보호해주는 폭동은 더 나빴을 것 같아. 달려라 하지만 싸워라 — 우리 인생을 위해. 국가 전체의 방향을 바꾸는 그 자극을 느껴보라.[52]

그 병사들(혹은 플러머)[53]

– .... . / ... ––– .–.. –.. .. . .–. ...

삶에 얼마나 진실한지,
모두 너무나 진실하여…… 당신은 아카이아인들의 운명을 노래하네,
그들이 했던, 또 고통받았던 모든 것, 그들이 싸워 온 모든 것을,
마치 당신이 거기 있었거나 거기 있었던 누군가로부터 직접 들은 것처럼.

— 로버트 페이글스 번역, 《오디세이아》[54]

로이 언더우드 플러머(1896~1966)[55]는 미국 워싱턴 DC에서 태어나 1917년 군대에 징집되었다. 플러머 상병은 506공병대대 C중대에 소속되어 프랑스에서 복무했다. 이 대대는 도로와 요새를 건설하고 & 군대에 필요한 다른 육체노동도 수행했다. 약 16만 명의 아프리카계 미국인 병사들이 프랑스에서 보급부대원으로 복무했는데, 백인 전투부대의 중요한 보급 & 이동을 용이하게 했다.

플러머는 전쟁 내내 성실하게 일기를 썼다.[56] 그는 줄을 긋거나 글을 고칠 때 마치 누가 자기 글을 읽을 것을 아는 것처럼 했는데, 문법에

대한 정확한 이해, 흠잡을 데 없는 필체 & 자기 경험에 대한 명료한 묘사가 서기로 일했던 그의 배경을 입증해주었다. 플러머의 일기는 아프리카계 미국인 역사·문화 박물관에서 소장하고 있는데, 스미스소니언 기록센터에서 전부 다 글로 옮기고 & 디지털화했다.

전쟁이 끝난 후, 플러머는 워싱턴 DC로 돌아와 40년 넘게 컬럼비아 특별구에서 의사로 살았다.

1918년 1월 26일

보초 근무 첫 호출.

달빛 밝은 밤

이걸 시라고 하자.

전쟁에서부터 어떻게 걸어 나오는지 가르쳐다오

언제고 우리가 할 수 있었던 것처럼.

1918년 6월 2일

이런 조항이 있다: "백인 병사들을 흑인 여성들과 함께 혹은 흑인 병사들을 백인 여성들과 함께 걷게 하는 일은 이 병영 제한 구역 안에서는 엄격히 금지됨."

백인들은 섞이는 걸 좋아하지 않는다.

수천의 채찍질을 시작했던 인종.

그 밤 우리가 피 흘리는 걸 보아라.

1918년 9월 30일

스페인 독감이 걷잡을 수 없이 유행 중이다. 우리도 벌써 병원에 4명이 있고 하룻밤에 7명이 죽었다 한다.

기침 소리가 들린다
그러고는 뻣뻣하고 묵직한 침묵
기침 소리가 멈춘.

년 월 일

주여, 그 대칭.
기침하다가(coughing) 관으로(coffins).
목숨이 숨을 앗아간다.

1918년 11월 3일

새벽이 왔다, 주름 속에 "하느님도-저버린" 그 ~~이름~~말에
딱 맞아 보이는 어떤 장소를 숨기고 있는 커튼을 스치며.

단 한 번뿐인 이 인생에서,
어떤 것도 약속되지 않는다,
그 땅조차도.

년 월 일

당분간은 여기에 머무를 것 같다
여기서는 그들이 집에서 그러하듯
우릴 끔찍하게 죽이진 않을 거니까.

1918년 12월

인종들 사이의 마찰. 흑인 부대엔 총이 보급되지 않았지만, 해병대에 맞서서 가장 용감하고 용맹하게 행동했다고, 보고에 따르면 그렇다 한다. 카페에서 일어난 사건이 발단이 되었는데, 어떤 해병대 병장이 거기에 있던 흑인 '소년들'을 향해 언짢은 말을 해서, 결국 그 병장이 흠씬 얻어맞았다.

그 병장은 자기네 사람들에게 이 일을 보고했고 그게 싸움을 촉발했다. 해병들은 어쩌다 혼자 있는 흑인 병사들을 닥치는 대로 두들겨 패기 시작했고 흑인 소년들은 이를 되갚아주었다. 그 싸움에서 506 A중대에 있는 한 흑인 병사가 총검에 찔렸고, 30분쯤 후에 부대 병원에서 사망했다. 윌버 헬리버턴의 말에 따르면, 알려진 바로는 백인 병사 둘 혹은 셋이 죽었고, 머리에 '중상을 입은' 백인 놈들 서넛은 병원에 입원 중이라 한다. 사소한 언쟁이 큰 싸움이 되었다.

개입한 전투에 대한 기록

우리는 하나의 폭동,

우리 흑인은 어떤 것들을 밝은 잉크빛으로 남긴다.

바로 그렇게 우리가 피 흘리는 걸 보아라.

그래서 우리가 만약 죽어야 한다면,

우리가 존재했던 모습

딱 그만큼의 죽음이게 하라.

1919년 1월 4일

더 추워짐. 바람이 아주 세참. 점심 전에 그간 게을리했던 기록을 마저 올린다. 요즘 너무 바쁘다, 사실, 지난 대여섯 달 동안은. 휴전협정 이후에 귀국에 대해 이런저런 말들이 떠돈다.

목숨들이 독감으로 끝나고—
우리는 물어봐야 한다: 이 전쟁에서
우리가 정말로 이겼는지.

년 월 일

개입한 전투에 대한 기록

1919년 1월 5일

극심한 후회가 몰아쳐 이 짧은 시를 쓴다:

"그날은 잃어버린 것으로 쳐라

그날의 낮게 저무는 해는

당신의 손에서 그 어떤 가치 있는

작전도 수행되지 않았음을 본다."

하지만, 오늘은 잃어버린 게 아니다, 그 말의 어떤 의미로도.

작전은 우리 손의

무기들을 잇고 있다.

준비, 더 높이 겨누라.

1919년 1월 20일

더 추워짐. 전염병, 즉 '독감'이 더 증가세라고 A중대에서. 아주 많은 병사들이 병원으로 보내졌다.

우리 목숨들을 꿀꺽 삼키고,
우리 소중한 가슴에서 가글가글,
가고, 가고, 갔다.

년 월 일

죽는 것은 눈을 멀게 하는 것;
그것은 우리 눈에서 찢어져, 눈을 떠난다
되받아 응시할 수 없을 별들.

1919년 1월 21일

정말 추운 날; 사실, 프랑스에서 본 가장 추운 날 중 하루다.

A중대가 유행병에 더 전염되어, 격리 들어갔다. 막사 주변에 해병대 보초병이 서 있다.

아틀라스(Atlas)[57] 또한 수송되었다.

마침내(At last), 목숨을 바칠 만한 무언가.

아아(Alas), 우리가 빨리 죽는다.

1919년 1월 22일

대대 본부로 가서 점심 전까지 일, 본부 인력들이 격리 중이기 때문.

그들은 계속 잠을 잘 것이다.

영원히 누워 있는 단단한 머리들.

죽음은 짧은 꿈이 아니다.

동료들의 서명

1919년 1월 23일

A중대에서 60명 넘는 병사들이 그 새로운 병에 걸려 부대 병원에 있다. 춥다.

D중대 또한 격리에 들어갔다.

우리가 원했던 모든 것이, 도망갔다.

우리가 되고 싶은 모든 것은, 살아 있는 것,

이 모든 것을 우린 머무를 수 없다.

1919년 1월 24일

여전히 추움, 유행병은 여전히 퍼지고 있고, 특히 A중대에. 우리 부대는 예방책으로 '독감' 마스크를 쓰고 있다.

이 갈색-뼈의 정원,

기운 없는 줄기들 일렬의 무덤으로.

우리가 이 땅을 먹여 살린다니까.

고국에 있는 친구들 주소들

1919년 1월 26일

지금까지 A중대의 116명이 병원에 있는데, 그중 2명이 오늘 아침 일찍 세상을 떠났다고 한다. 오늘 많이는 아니고 눈 조금 내림.

~~중대~~ 미국,

불러줘 우리를, "우리가 목숨 바치는 그 모든 것으로."

하느님은 아실 게다 이걸로 충분하다는 걸.

1919년 1월 27일

약간 따뜻해짐. 우리 중대는 격리 중이고 근무를 설 때를 제외하고는 나갈 수 없다. 병사 서넛이 열이 높은 걸로 판명되었다.

우리가 살아온 것을 기억하는 것은

그 자체로 믿기지 않는 싸움이다.

기억이 개판이다.

~~1918~~1919년 1월 28일

본부 인력이 복귀해서, 나는 본부 업무에서 놓여났다.

귀담아들어주면,

기억은 우리의 유리병-육신 속에 담긴

젓갈이다.

앗, 연도를 잘못 적었다.

올해는 다 잘못되었고, 다 길다.

시간이 우리와 겨룬다.

년 월 일

1919년 1월 29일

'독감' 마스크가 폐지되었다, 이 부대에 영향을 미치는 격리 조치는 그다지 엄격하지 않다.

휴전이 다가오고 있다,

전투는 끝나지 않았다:

인종폭동이 우리 거리에 스멀스멀 피어날 것이다,

살아남은 데 대한 우리의 포상이다.

벌금은 자유롭지 않은 것.

우리는 싸우며 돌아간다

우리가 돌아간다면 말이지.

이 깃발이 우리를 마지막으로 부른다.

년 월 일

1919년 6월 5일

명예롭게 제대. / 워싱턴 D.C.행 표를 사고, 거기 / 6일 이른

아침에 / 도착.

1919년 6월 6일

일부는 떠나기로 결정했다,

우리는 살아가기로 결정했다,

전쟁 치른 피부를 숨 쉬며.

인생은 우릴 헉헉대게 한다.

배들이 우릴 미국으로 나르고

우리 손목들 여전히 속박된 상태.

우리는 총을 떨군다, 우리 슬픔이 아니라.

우리는 싸울 가치가 있는 고국을 만든다.[58]

전쟁: 뭐지, 좋은가?[59]

.-- .- .-. / .-- .... .- - / .. ... / .. - / --. --- --- -..

얼마나 많은 화장지,

손 세정제가,

우리에게 허락되었나?

전투에서는, 모든 것이,

심지어 희망조차도, 귀하고 & 배급제다,

전우들에게서 경쟁을 유발하고,

사람들을 괴물로 만들고.

이 마스크는 우리 영광의 메달.

우리의 전쟁이 거기에 다 적혀 있다.

* * *

1918년 인플루엔자는 5000만 명을 죽였다[60](어떤 학자들은 1억 명 이상일 수도 있다고 하지만). 제1차 세계대전에서 전사한 사람들 숫자를 훨씬 초과한다. 독감 사망자 숫자는 본질적으로 전쟁과 긴밀히 연관된다. 대륙을 가로지른 군대의 대규모 움직임이 바이러스의 확산에 영향을 미쳤다; 그러는 동안, 수백만 명의 민간인들은 그들의 고향을 떠나야만 했다. 그 인플루엔자는 특히 민족말살정책에서 간신히 살아남은 원주민들 공동체에 치명적이었다. 우리가 어떤 이야기를 듣든, 폭력은 결코 작지 않다.

＊＊＊

전쟁도, 고래처럼, 모든 것을 집어삼킨다—
모든 것이 그물망 입안에 들어간다.
고래처럼, 바이러스도 지구 전체를
먹어치울 수 있다.
총알은 야수다, 우리가 그러하듯.
우리의 보이지 않는 전투들이
이기기 가장 어려운 전투다.

＊＊＊

전쟁 & 팬데믹의 첫걸음은 같다:
고립, 바이러스/폭력의 통신망을 단절하기 위해.

영국은 제1차 세계대전 동안 케이블 절단의 선구자였으니,[61] 독일의 수중 전보 케이블을 건져 올리기 위해 통신선 얼러트호(CS Alert)를 이용했다. 전시 검열 또한 통신 & 진실-전달을 대폭 줄였다; 1918년 미국의 선동법은 국가의 이미지나 전쟁 노력을 깎아내리는 말이나 표현을 금지했다. 처벌이 두려운 나머지 신문들은 바이러스의 위협을 축소했고, 모이지도 말고 여행도 하지 말라고 대중들에게 경고하는 의사들의 편지들도 싣지 않았다.[62] 이런 검열 & 잘못된 정보는 다만 인플루엔자가 전국으로 & 전 세계로 퍼져나가는 데 기여했을 뿐이다. 목구멍의 총신. 낱말들도 일종의 전투여서, 우리는 늘 우리가 말하려 하지 않는 것이 되고 만다.

* * *

싸우고 나서
우리는 사랑하는 누군가에게
이렇게 묻는다:
우리 괜찮은 건가?
우리 좋은 건가?
제1차 세계대전은 한때 "위대한"으로 불렸다.
그래서 "모든 전쟁을 끝내기 위한 전쟁"이라 불렸다.
하.
"위대한"이라고 불리는 것들은
종종 비통하고 & 소름 끼치지만
좋은 것은 말할 가치가 있다.
좋은 문제.
좋은 싸움.
좋은 뜻.
좋은 사람들.
좋은 것은 전쟁보다 더 크게 되는 것이다.
그건 위대함 그 이상이다.

* * *

몸은 고기 & 뼈들이
혼돈을 걸어 다니는 것.
무력 충돌로 인한 사망 & 부상은
사상자들(casualties)로 불리는데,

*casual*의 의미는 '우연히' 혹은 '사고'.
하지만 전쟁에서의 유혈 사태는 오발이 아니다.
아마도 *사상자(casualty)*는 전쟁 그 자체가
사고라는 걸, 틀림없는 실수라는 걸 의미한다.
크고 뚱뚱한, 피 흘리는 우리의 *빌어먹을(oops)!*

* * *

전쟁 & 팬데믹의 두 번째 단계도
같다: 지속성,
남아 있는 연결 & 소통 방식들을 유지하는 것. 국내 전선에 편지를 쓰는 것은 제1차 세계대전 때 해외 자원봉사자들 & 봉사 요원들 사이에서 장려되어 국가적 사기를 진작했다. 영국 육군 우편국은 무력 충돌에 개입했던 기간 동안 약 20억 통의 편지를 배달했다.[63] 미국의 1917년 제48호 일반명령에는 "외국에서 임무를 수행하도록 배치된 육군 병사들, 해군 병사들, 그리고 해병대원들은 편지를 '무료'로 부칠 수 있다"라고 되어 있다.[64] 봉투에 "현역 복무 중"이라고만 쓰면. 세계대전 중, 펜실베이니아주 앨런타운에 있는 A. E. F. 캠프 크레인은 매주 거의 7만 통의 우편물을 처리했다고 보고했다.[65] 국내 전선은 하나의 우리다. 우리 안에 우릴 가두어라. 우린 잘할 수 있다고 맹세한다.

* * *

잘 들어봐.
듣고 있나?
온건한 전쟁 같은 건 없다.

내던져질 수 없는
평화는 없다.
우리의 유일한 적은 어느 것이
우리를 서로 적으로 만드는가 하는 거다.

* * *

달팽이 옛날 우편(snail mail)?
그보단 고래 우편(whale mail)에 가깝다.
그게 유일한 것
말할 것이 우리에게 아무것도
남아 있지 않을 때 말할 수 있도록
입을 크게 벌리는 것. 다시 말해,
우리의 이야기들을 쓰는 건
필수적인 서비스다.
그게 우리가 전쟁을 하는 법이다.
가장 중요한 건,
그게 우리가 전쟁을 끝내는 법이다.
평화는 지구 위의 한 장소라는 걸
우리는 여전히 믿고 있다.

* * *

제1차 세계대전이 지나고 100년, 조의(弔意) 카드가 2020년에 매진되었다.[66] 미국 우편 서비스 사용자 대다수[67]는 편지를 받으면 기분이 좋아진다는 데 동의하고 & 여섯 명 중 하나는 지금 팬데믹 기간 동안 더 많은 우편물을 보낸다. 팬데믹 기간 동안, 슬픔을 제외하고 모든 것이 희박하다. 글쓰기, 서로에게 진실-말하기는 희망이 가장 발견되기 어려운 때에 희망을 만드는 행위다. 현재를 빼면 우리 수많은 역사에서 우리는 무슨 자리를 차지하는가.[68]

***

조리개:
눈에 난 구멍
이를 통해 빛이 이동하지.
*평화*라는 단어는 역사를
*협약*과 공유한다. 즉, 화합은
우리가 합의하는 내일이다.

우리는 전투보다는 전염에
더 길들여졌다.
하지만 바이러스는 전쟁처럼 우리를
동료들로부터 갈라놓는다.
　　　　하지만 우리가 원한다면, 그 자른 부분은
　　　　조리개일 수 있고, 구멍일 수도, 그 구멍을
통해서 우리는 서로서로 전체에
가닿는다.

바이러스는 우리 내부에서 싸운다,
반면 폭력은 우리 가운데서 싸운다.
둘 다, 우리 승리는 타인을 정복하는 데 있지 않고,

우리 필멸의 형태 안에서 우리가 지고 가는
가장 파괴적인 동인들 & 본능들을
정복하는 것에 달려 있다.
증오는 바이러스다.
바이러스는 몸을 필요로 한다.
이 말은:
증오는 인간이 숙주가 되어야만 살아남는다는 뜻.
우리가 증오에 무언가를 주고자 한다면
그것이 우리의 슬픔이 되게 하지,
절대 우리의 피부가 되게 하지는 말자.
사랑한다는 것은 다만
우리 삶의 투쟁일지도 모른다.

배

동료애

잘 지내세요(B Well)

배는 당신을 남자라 부르네. 총알, 공공장소 출입을 삼갈 것.
근무는 모든 시민의 권리와 대의명분, 국가들, 우리의 형식에 대해
선을 행하는 것. 아 악랄한 끔찍한 명령이 내려왔어 여기저기서.
전쟁 이전에 민주주의.

잘 지내세요(B Well)[69]

____찢는다____ __

배_____하나를

그림 1

배는 그 마지막 해에 빛을 졌다

이 배에 실린 그 감각 없는

규정이 그 배와 인력 행정 관행을 따라가서 선박에 적하되는 사람은 최대로 해도

남자들만 있어 폭동이 휴식보다 더 잦고. 190명 승선이 명시되었는데 실제로

탄 사람은 351명이라 161명 차이. 여기서 여자들 남자애들 여자애

들은 서로 데리고 갔고. 죽은 아침. 갑판 & 선창 밑바닥 높이

차이는 대략 80센티 정도여서 누워서 숨 쉴 수 있는 자리.

극심한 괴로움에 멍한 선원들이 자기 나라에서 이용했던

그림 3

병들어 죽다. 회복의 작은
희망이 되는 특권.
얻어터져 멍이 든 그 배,
그리고 뱃머리 여자들과 아이들은
또 남자들은 계속 둘씩 묶여서; 한 쌍씩
올라가, 이 상태의 용질로, 변화의 존재가 되어
그 사슬들에 묶인 채 뛰어내려야 해, 친구들이
춤이라고 부르는 그것. 이 인간의 육신을 데리고
가는 것은 배의 사실적인 재현이라기보다는
오히려 소설로 여겨질 것 같아. 어떤
인정 있는 사람이 있어 그 흉터를
묘사하게 할까 모르겠네.

그림 7

우리가 원하는 그 존재들이 고통이 아니던가.
피와 조도, 그리고 도살장으로 만들어진 나라
그리고 포로. 그걸 가지고 그림으로 복원하는 것은,
바로 인간 상상력의 힘 안에서 가능하지. 주어진
바다 밑에서 나오는 이 전염성 강한 날숨 아래
살금살금 움직이는 것은 치명적인 걸로 판명되었어.

이면서 종교적인 책무, 과장 없이 말하건대, 이 지구상에서 가장 위대할지도 모를 일.[70]

한, 도덕적

편적 & 애통

인간성은 분명 보

시간에 실려 오고.

찢겨 갇힌 채 그

통로 사람들은

사람에서 오는

시간은 흐른다

엄청나게 많은 사람들이 다른 모든 해보다 어떤 특정한 한 해에 죽는다.

바다는 인간들의 무덤이라고들 한다

그림 5

이어 붙인 문서: 그 이름들

건드려진 그 인생들을 배우세요
아무도 널 건드리지 않을 거야, 네가 말했지
네 친구들은 겁이 났고 & 널 가까이 둘 수 없었어.
그 단어는 내 사전에 없네
우리의 어휘에 *겁이 나*는 없네
우리가 절대 알지 못하는
두려움 때문에 운명인 것인가.
너는 알지, 그렇지?
네가 전혀 몰랐던 사람들조차도 너를 기억하네.

사랑 없이 살게 되는 사람은 아무도 없도록
우리가 최선을 다할 거야
간호사들 & 친구들, 병원 직원들에 의해
외면당하는 게 어떤 건지 아는 사람이 없도록
그들은 네 방에 들어오길 거부하고
& 들어올 때도 플라스틱 장갑 & 방호복으로
꽁꽁 덮고 들어왔어.

그 잔해들을 제발 가져가주세요
우리가 휩쓸린 건 부디 용서해주세요.
두 가지 이유로 그렇게 했어요—
잃어버린 모든 이들을 위해
& 그들을 잃은 모든 이들을 위해.
아버지들, 조부모들, 자매들, 형제들
아들들, 딸들, 조카들, 연인들 & 친구들
너무 좋은.
우리는 바꿀 수 있었어요
전염병을 막을 수 있었어요
우린 당신을 구할 수 있었어요
결국, 물론, 우린 할 수 없었죠
인류가 찾아낸 그 이름들을 말해보세요.

*지금*은 과거형에 사랑을 넣을 수는 없어
무엇보다, 사랑하라—아주 많이 사랑하라.
사랑이 치료할 수 있다면!
하루하루가 천천히 숨을 쉴 수 없었지.
삶은 여전히 살아 있다.
우리의 기억은 너야.
기억해 이 사랑이
죽어가고 있었음을.
육신을 뒤틀어
힘들게 호흡하며
외로움은 끝나지-않는 고통.

보려고 애도하려고
보는 것이 모조리 금지되어
우린 잊으려 애썼어.
아직 보낼 수는 없어
기다려봐
똑똑히 기억해봐
가장 좋은 방법은 시와 함께하는 것
기억해봐
우리는 시작하고 있었어
진실로 춤추며
새로운 의미를
새로운 희망을
이 희망을 다른 것들과 함께 품어왔어.

우리는 일어섰고 & 죽음을 보지 못했어.
보이는가
세상에서 기다리고 있는 그 무엇까지.[71]

설문 조사 대상

로즈에 대한
이민 보고서

이민자 여러분, 팬팩스에 오신 것을 환영합니다.

아시다시피, 우리의 목가적인 나라 팬팩스가 마침내 다시 외부인들에게 문을 열었답니다. 우리는 여러분의 나라 팬뎀이 다른 한편 질병 & 죽음의 낮은 황무지라는 걸 압니다. 거기서 사람들은 '로즈(roes)'(팬뎀어로 '비통(woes)'의 파생어)라고 불리지요. 우리가 듣기로 팬뎀에서는 모든 형태의 모임이 금지되어 있고, 숨어 사는 시민들은 똑같은 보도조차도 함께 걷지 않는다고 하네요, 같은 공기를 숨 쉬는 건 고사하고요. 팬팩스에서의 사회적·정치적 생활은 완전히 달라요 & 여러분들 로즈 중 다수가 피난처, 앞으로 나아갈 길을 찾아서 이곳에 내렸다고 우리는 알고 있어요. 그래야지요. 팬팩스시 위원회 위원들은 일련의 인터뷰를 시행해서 그를 통해 지금 팬팩스에 살고 있는 팬뎀 난민들의 독특한 과도기적 경험들을 기록하려 합니다. 이 밀도 있는 답변들이 우리의 풍성한 나라에 당신이 적응하는 데 도움이 되기를 바랍니다. 사생활 보호를 위해, 인터뷰 당사자들의 이름은 각각 번호로 대체합니다.

진심을 담아,

팬팩스 대통령 팩트

조사

이주민들은 집에 있었고 & 만났다. 팬팩스에 왜 오게 되었는지 & 그들 스스로 어떤 성공을 새로이 거두었는지 알아보는 데 특히 신경을 썼다.

질문에 대한 답변 중 일부는 다음과 같다.

질문: 당신은 지금 팬팩스에서 무엇을 하고 있나요?
답변:
1. 보고 있어요.

질문: 요즘 기분이 어떤가요?
답변:
2. 피곤해요.
19. 피곤해.

질문: 팬뎀에서는 뭘 원했지요?
답변:
10. 변화.
20. 도망치는 것.

질문: 아니요. 팬뎀에서 제일 원했던 게 뭐지요?
답변:
5. 사람들

질문: 당신은 지금 팬팩스에서 더 큰 자유 & 독립을 느끼나요? 어떤 면에서요? 예전에는 할 수 없었는데 지금 할 수 있는 일은 무엇인가요?

답변:

1. 네.
2. 네.
3. 영화관, 놀이동산 다니며 사는 것.
5. 네. 가고 싶은 곳 어디든 가고; 볼 필요도, 비킬 필요도 없이.
6. 네. 그냥 좋은 동료애를 느끼는 거요.
8. 네. 어디든 마음대로 갈 수 있고요. 팬뎀에서는 출입이 통제되었고 & 치료도 못 받았어요.
9. 예. 사람들과 어울릴 수 있는 특권요; 공원에 갈 수 있고 & 어디든 있을 수 있고요.
11. 네. 아이스크림 가게에 가면 밖에 나와 먹어야 했어요. 사람들을 위해 인도(人道)에서 나왔지요.
12. 네. 자유로워요. 겁이 안 나요.
16. 네. 좀 더 사람답다 느껴요. 어떤 면에서는 팬뎀에서는 노예와 같았어요. 여기서는 팬뎀에서처럼 사람들을 위해 보도를 포기할 필요가 없어요.
17. 공연이나 학교 등에 아무 제한이 없어요.
20. 팬뎀에서는 존중받지 못했어요; 팬뎀에서는 사람들에게 어떤 자유도 허락되지 않았어요.

질문: 팬팩스가 열리고 & 당신이 도착했을 때 첫인상이 어땠어요?

답변:

1. 뭔가를 하는 분위기.
3. 활력이 넘쳤어요, 우린 한 달 동안 매일 밤 구경 다녔어요.
4. 대단한 곳이라고 생각했는데 아닌 것 같아요. 구멍에 사는 것 같아요. 집에 돌아갔으면 했어요.
5. 길거리에 나가 여기저기서 사람들을 봤을 때, 숨을 죽였어요, 어느 순간 그 사람들이 시비를 걸 것 같았거든요. 그런데 아무도 신경 안 쓰고, 그제야 아, 여기가 진짜구나 하고 생각했죠. 아뇨, 진짜로, 제 일 말고는 절대 다른 사람 밑에서 일하지 않을 거예요.
6. 완전히 길을 잃었어요, 친구는 나를 만나기로 했는데 못 만났고 & 난 어디로 가야 하나 겁에 질려서 사방이 너무 시끄러워서 그냥 쉬어요.
8. 항상 팬팩스를 좋아했어요. 오기도 전에 그 이름조차도요.
13. 사람들이 살기에 좋은 곳이라고 생각했어요.
15. 좋지 않았어요; 외로웠죠, 외출하기 전까지는요. 그러고는 아무 통제가 없는 장소들이 좋아졌어요.
16. 지금은 훨씬 더 좋아요.
17. 나중에 좋아하게 될 것 같아요.

질문: 팬팩스보다 팬뎀에서 사는 건 어떤 점이 더 힘들고 더 쉬운가요?

답변:

4. 쉬워요, 그것만 해도 엄청나요.
7. 돈을 벌어요, 하지만 생활비로 다 써요.
8. 살기 더 편한 것 같아요, 그래야 하니까요.

10. 부담이 크지는 않아요.
11. 팬뎀보다 여기가 더 힘들어요.
13. 일도 더 많고, 일이 더 힘들어요. 일이 삶의 필수품이랄까.
14. 근무시간 단축.
15. 팬뎀보다 여기가 더 좋아요. 근무시간이 더 짧아요.
17. 팬팩스에서 사는 게 더 편해요.
20. 가족 전체가 팬팩스에서의 삶이 더 편하다고 느껴요. 다른 어느 곳보다요.

질문: 팬팩스의 어떤 점이 좋아요?

답변:

1. 자유…… 하지만 늘 안전한 건 아니고요.
4. 어디서나 자유가 있어요.
7. 직장, 어디서나 일할 수 있어요.
8. 아이들을 위한 학교.
9. 사람들이 살 수 있는 기회.
10. 사람들의 친절함, 건강이 더 좋아졌어요.
13. 살 권리.
14. 억압받지 않고 평화롭게 사는 능력.
18. 집 말고 다른 곳들도 다니며 살지요.
19. 산업 시설들 & 교육 시설들.
20. 예전보다 더 좋은 건 아직 모르겠어요.

질문: 팬뎀 출신 사람이 팬팩스에 오면 어떤 어려움이 있다고 생각하세요?

답변:

3. 사는 데 익숙해지는 것; 이젠 인생이 달아나지 않아요.
4. 친밀감.
5. 복닥거려요.
6. 사람들한테 익숙해지는 거요.
7. 사람들의 방식에 익숙해지는 거요.
9. 팬뎀 출신이 팬팩스에 오는 거, 별 어려움 없는 것 같아요.
10. 글쎄, 아마 알게 되겠지요.
12. 일에 적응하는 거요.
13. 기후 변화.
14. 기후의 변화, 복잡하고, 공간이 부족해요.
16. 어디서 멈추어야 하는지를 아는 게 어려워요.
18. 사람들 사이에 있는 일이 위험하다는 걸 안다면요.
20. 사람들이 자기가 누군지 안다면, 의도를 가지고 오면 좋겠어요.

질문: 팬뎀과 비교할 때 팬팩스에선 자유 시간이 어때요?

답변:

1. 옷 살 때 좋아요. 입어볼 수도 있고; 가게 안에서 입어봐도 되잖아요.
2. 거의 모든 곳에 들어갈 수 있어요.
3. 더 많이 살고, 더 많이 느껴요.
4. 네. 제 아내는 모자를 써도 되고 & 원하지 않으면 벗어도 되고요; 가고 싶은 데 어디든 가고요.
5. 차 타는 걸 두려워 않고 & 원하는 곳에 앉아요.
6. 여기선 갈 곳이 너무 많은데 팬뎀에서는 일, 일, 일만 했어요, 일하면 저축하는데, 그걸 쓸 데가 없어요.

7. 외출을 많이 하진 않지만 언제 & 어디로 내가 갈 수 있는지 알아요.
9. 팬뎀에서는 사람들이 갈 수 있는 데가 몇 군데 없어서 그런 델 가 보지 못했어요. 여기선 가고 싶다 해도 돼요.
11. 집에서 누릴 수 없었던 편안함을 더 많이 누릴 수 있어요.
17. 네, 갈 곳이 더 많아요, 아이들을 위한 공원 & 놀이터도요.
19. 노코멘트.

질문: 친구들에게 팬팩스로 이사하는 게 낫다고 말해주나요?

답변:

1. 네. 사람들은 우리가 쓴 글은 잘 안 믿어요. 저도 여기 올 때까지는 저 자신을 믿지 못했어요.
2. 아뇨. 오라고 부추기지 않으려고요. 못 올 거 같아서요.
6. 네. 여동생이 둘 있는데, 이리로 오게 하려고 노력 중이에요. 제가 왜 여기 있는지 이해 못 하겠지만, 와보면 알 거예요.
7. 펜뎀에서 뭐가 얼마나 끔찍했는지 사람들은 몰라요; 여기 사람들은 숨 쉬는 걸 두려워하진 않잖아요.
8. 친구 & 남편이 오면 좋겠어요; 부수기 전에 어떻게 보이는지 알고 싶어 하는 가족도요, 막내아들은 엄마한테 돌아갈 생각 다신 하지 말라고 해요.

자유롭게 온 소수의 이주민들만이 드러났다. 돌아가고 싶다고 한 사람은 거의 없었다.

앞의 시에서 사용된 답변들은 1922년 「시카고의 흑인」 보고서에서 갖고 온 것이다. 이 보고서는 인종관계에 대해 시카고 위원회에서 시행한 꼼꼼한 사회학적 조사의 결과로 작성되었다. 이 조사는 1919년 그 참담했던 시카고 인종폭동의 원인 & 결과를 이해하기 위해 이루어졌는데, 그 폭동은 '붉은 여름'으로 불리던 그 기간 동안 발생한 수많은 폭력의 변곡점 가운데 하나였다.[72] 당시 시카고 폭동의 결과, 아프리카계 미국인 스물세 명 & 백인 열다섯 명이 사망했고, 오백 명의 부상자가 발생했으며 & 천 명이 넘는 시민들이 집을 잃었다. 후속 연구의 일부로, 시카고 위원회는 짐 크로 인종차별법이 지배하는 남부를 떠나 시카고로 온 아프리카계 미국인들을 인터뷰했다. '조사'를 시작으로 한 앞의 시는 그 보고서의 텍스트를 새롭게 만든 것이다. 이주민들의 대답을 일부 발췌하고 & 일부 삭제한 파편들을 이용하여 새로운 시를 썼다. 보고서에 있던 *북부*나 *시카고* 같은 단어들은 *팬팩스*로 바꾸었고, *집* 혹은 *남부*라는 단어는 *팬뎀*으로 바꾸었다. *로(Roe)*는 *니그로(Negro)*의 자리에 넣었다. 인터뷰에 응한 사람들의 번호는 원래 자료의 답변 번호와 맞추었다. 어떤 질문들은 일부분을 보존했다. 가령, "당신은 시카고에서 더 큰 자유 & 독립을 느끼나요? 어떤 면에서요?" 같은 질문은 "당신은 지금 팬팩스에서 더 큰 자유 & 독립을 느끼나요? 어떤 면에서요?"가 되었다.

*팬팩스*는 그리스어에서 모든을 뜻하는 *판(pan)* & 라틴어에서 *평화*를 뜻하는 *팍스(pax)*를 엮은 것이다.

이 시 & 이 시에 밴 고통은 모두 상상된 것인 동시에 진짜다. 우리가 느끼듯이. 다시 말해, 우리는 어떤 허구를 통해서 사실을 발견한다;

어떤 상상 속에서 우리는 우리 자신을 & 다른 이들을 발견한다. 살아보지 않아도, 기억은 우리 안에 살 수 있다. 과거는 결코 사라지지 않는다. 다만 아직 발견되지 않았을 뿐이다.

슬픔은, 유리와 같아서, 거울도 될 수 있고 창문도 될 수 있다. 우리로 하여금 안 & 밖을, 그때 & 지금 & 어떻게를 다 보게 한다. 다른 말로 하자면, 우리는 창문 통증이 된다. 상실 안 그 어딘가에서만 우리는 우리 자신에게서 벗어나 우리 자신을 바라볼 수 있는 은총을 찾을 수 있다.

_____[가로막혀서]

하, 너무 고통스러워서
이런 생각을 했을지도 모르겠다,
이 시는 다른 누군가가 아닌
우리 자신에 대한 것이었다고.[73] 이제
우리는 알아, 시는 둘 다를 위한 것이었다고—
타자화된 우리 모두를 위한 것이었다고.
우리가 있는 곳은 다름 아니라
우리가 원래 있었던 곳.
사로잡힌다는 것은 쫓긴다는 것
여전히 아프게 하는 역사에 의해,
역사도 우리만큼이나 치유가 필요해.

& 마찬가지로, 시를 통해서
우리는 우리 것이 아니었던 걸 소환해왔고,
과거를 우리의 고통과 똑같이 만들었지.
이것이 우리가 배우는 유일한 방법인 것 같아.
* * *
우린 여러 세대를 격리되어 살았고,
서로의 장소에서 추방당했고,
인생은 우리한테 막혀 있었지.

우릴 불러줘[74]
콜럼-학대되고,
콜럼터지고,
식민지되고,
분류되고,
청소되고,
통제되고,
살해되고,
정복되고,
해안으로 생포되고,
붐비고,
담기고,
집중되고,
길들여지고,
캠프에 수용된 것으로.

절대 잊지 말기를, 혼자라는 건
항상 누군가에게는 어떤 대가가 되고
& 다른 누군가에게는 특권이 되었다는 것을.

몇백 년 동안 우리는 양보하며 살았다
사람이 다니는 인도를,

살아보기도 전에 우리는
이 전통 안에서 단련되었다—
머리 숙여 인사하며 다른 누군가의
자존심을 위한 공간을 만드는 게 뭐란 말인가.
그 통로를 양도하는 것은
다른 이의 아주 오래된 하얀 통과의례에
세상을 양보하는 것이었지.

* * *

이전에 왔던 이들에게 우리는 늘 물어본다.
그렇다면 설문 조사 대상이 되는 건 살아남은 것이다.

질문: 그 닭은 왜 길을 건넜을까?
답변: 어떤 백인이 그 길을 따라 내려오고 있어서.

* * *

우리가 서로에게 어떤 존재인지
우리가 이동하는 방식이 모든 걸 말해준다.
작년에 우리는 엘리베이터를 탔다.
우리 뒤에 있는 백인 숙녀에게 정중히 물었다
사회적 거리두기를 위해
그녀가 다음 엘리베이터를 탈 수 있을까 하고.
그녀의 얼굴은 한밤의 십자가처럼 불타올랐다.
누구 놀리니? 그녀가 소리 질렀다,

마치 우리가 방금 이렇게 말한 것처럼
우리만 탈 수 있어
아니면 *나중에 타*
아니면 *당신들도 개도 못 타*
아니면 *누구에게나*
인간을 거절할 권리가 있어.
갑자기 우리에게 든 생각:

특권을 가진 그룹들이 장소 & 사람에 대한 규제를 따르는 것은 왜 그다지도 힘든 일인가.
그건 곧 그들이 우리에게 족쇄처럼 채워왔던 쇠사슬을 한 번이라도 차는 걸 의미하니까.

그건 그들을 따로 분리해서 우월감 있게 만들어준 그 한 가지 차이를 포기하는 것이다.

몇백 년 동안 우리는 집에만 있었다, [차별하는] 문이 있어서, 공원도 못 가고, 놀이터도 못 가고, 수영장도 못 가고, 공공장소도 못 가고, 외부 공간도 못 가고, 우주 공간도 못 가고, 영화관도 못 가고, 쇼핑몰도 못 가고, 화장실도 못 가고, 레스토랑도 못 가고, 택시도 못 타고, 버스도 못 타고, 해변도 못 가고, 투표소도 못 가고, 사무실도 못 가고, 군대도 못 가고, 병원도 못 가고, 호텔도 못 가고,

클럽도 못 가고, 일자리도 못 나가고, 바다도 못 가고, 육지도
못 가고, 관여하지 못하게 나가지 못하게 접근 못 하게 앞서 나가지
못하게 올라오지 못하게 일어서지 못하게 삶을 갖지 못하게
관리되었다.

일 년간 우리를 배제한 그 부분을 걷도록 일부에게 요청되었는데
그 한 해 동안 그들이 생각했던 그 모두는 거의 파괴되었다. 하지만
우린 여기 있다. 여전히 걸으며, 여전히 그 상태로.

존재의 가장자리로 내몰려 가두어지는 건 소외된 이들의 유산이다.

비-존재, 즉, 사회와의 거리 —사회적 거리 —는 억압받는 자들의
바로 그 유산이다. 억압하는 자에게 사회적 거리두기는 굴욕이라는
뜻. 덜 자유로운 어떤 것, 혹은 더 나쁘게 말하면, 백인보다 못한
누군가가 되는 일.

자신의 줄어드는 힘 말고 카렌[75]은 뭘 가지고 있는가, 죽어가면서
필사적인데? 혓바닥에 걸린 총처럼 위험하고 & 매달려 있는데?
근본적으로, 우월주의는 자기 자만심을 유지하기 위해 무엇이든
하는 것을 의미한다,
자기 영혼을 잃더라도 말이다.
당신을 구하게 될 마스크를 쓰지 않는다는 뜻이다, 그건 특권을
박탈하는 것을 뜻하니.

그건 말이지, 늘, 유독한
자부심을 선택한다는 뜻이다
보호보다 위에 있는 자부심,

자부심은
국가 위에 있고,

자부심은,
그 누구 혹은 그 어떤 것보다도 위에 있다.

이 깨달음은 우리의 것이 아니다.
그렇다.
예술이, 만약 사실이
방법이면서 동시에 발견이라면,
그 질문 안에 답이 있다.
그것은 발견되는 것이다
& 그것이 발견되는 방식이다.

살아본 사람은 누구라도
역사학자이자 유물이니,[76]
그들 안에 그들의 시간을 다 간직하고 있기 때문이다.
화해는 우리가 만드는 이 기록에 있다.

뭔가 기억나는 게 있다면
기억하도록 놔두자.
앞으로 나아갈 길을
우리는 가질 것이다
우리가 계속
걷는다면.[77]

이동[78]

A.

우린 여기까지 왔다

우리는 말한다,

하지만 우리는 더 가야 한다.

물리학에서 배웠다

이동 & 거리는 다르다는 걸.

이동은 다만 대상이 시작되는 곳 &

끝나는 곳 사이의 공간이다.

A —————————— B

하지만 거리는 대상이 이동하는

경로의 총 길이이다:

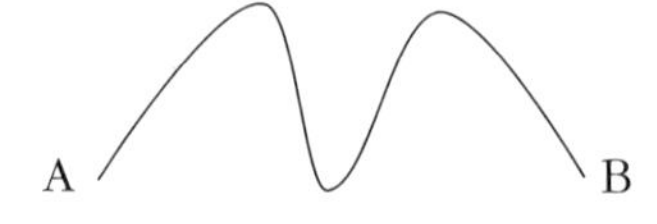

시시포스가 얼마나 멀리 돌을 미는지

그 어두컴컴한 언덕 위로,

다시 굴러 내려가는 경로뿐만 아니라.

시 & 시가 어떻게 흘러가는지

떠나기 전에 육신을 통해서

예전의 우리보다 조금 더 나은 존재.

간단히 말해서, 흥망성쇠가 중요하다,

취소가 아니라 결합된,

소거가 아니라 확장인.

그제야 비로소 우리는 이해할 수 있다.

최악의 우리 자신과 우리가 얼마나 멀리 있는지

여러 세기, 하지만

우리는 쫓겨난 것이 아니다.

그렇다.

우리는 우리가 온 것보다 더 멀리 갔다.

* * *

우리의 일부는 여전히 가시 돋혀 있고

& 야만적이다, 탐욕의 철망 같은 복합체다.

우리의 피가

정맥으로 둘러싸여 있듯이

선에 의해 인도되는

또 다른 요소도 있다.

전설에 따르면,

우리 안에는 두 마리의 늑대가 있다:

반쪽과는 싸워야 하고

& 다른 반쪽은 먹여야 한다.

무너져야만 하는 것

& 절대 실패해서는 안 되는 사람.

B.

그 비참한 여름

우린 개처럼 멍하니 있었고,

하지만 동요되는 것은 움직여야 하는 법,

진보를 향해 나아갔다.

우리의 혐오감은 거리를 재는 척도,

원래 있던 걸 싫어하는 감정.

우리가 절대 돌아가지 말아야 한다는 걸 이해하는 것.

역사는 분열되어 있고 & 기하학적이다.

우리가 굴복했을 때조차도

우린 항복하지 않았다.

우린 떨어질지도 모른다.

우린 일어날지도 모른다,

멀지만 쫓겨나지 않고,

우리는 이동하는 것보다 더 멀리 여행한다.

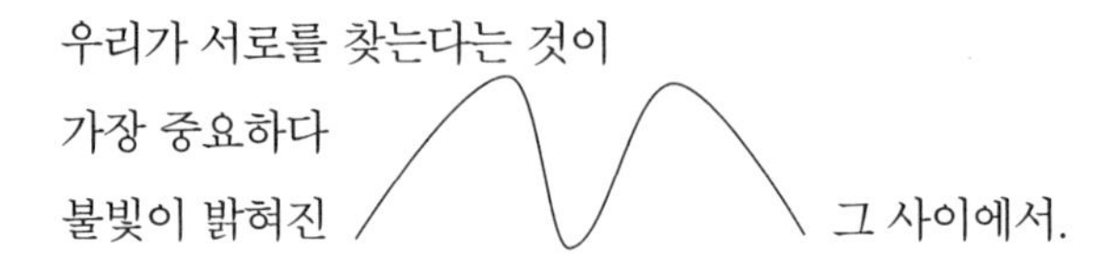

우리가 서로를 찾는다는 것이

가장 중요하다

불빛이 밝혀진 그 사이에서.

분노 & 믿음

분열된 집은 버틸 수 없다. 분열된다는 건, 그렇다면, 완전히 파괴된다는 것. 그 일은 사실 우리 나라가 정말 중요한 것은 중요하게 여기지 않는다는 의미. 빨강이 우리 국기에서 스며 나오는 것은 그 때문. 다시 말하지만 언어가 중요하다. 처음부터 식민화된 이들은 완곡한 합성어로 표현된다: 아프리카계 미국인, 아시아계 미국인, 미국 원주민들(확실히, 백인 미국인이란 말은 없지 않나). 형용사 그리고 미국인, 수식어구 그리고 미국인. 쪼개지는 (나) 무너지고, 벗겨지고, 줄이 그어지는 그 용어 미국인. 삭제는 평생토록 연습해야 하는 일. 없어도 되는 불필요한 몸이 되는 것이 무얼 뜻하는지 당신은 정말로 이해하는지. 우리는 이제 그 울음들을 알아보네, 그 깃발들이 그들이었음을. 우리들 머리를 홱 잡아채니, 꿈에서 깨어나는 것 같아, 아니, 악몽에서 깨어나는 듯. 당신이 결단을 내리네. *이건 우리가 세운 나라가 아니라고, 아무리 잘 봐도 우리가 알던 나라가 아니야. 좀 보라고*. 아, 아니야. 이건 우리가 꿰매온 그 나라야. 우리에게 늘 있던 그 상처를 위해 우는 것은 우리 권리야. 갑자기 고요한 충격이: 다른 손에 매달린 어떤 손 혹은 어깨에 받들어진 머리 하나가 우리가 원했던 그 어떤 것 우리가 이긴 그 어떤 것보다 훨씬 더 가치가 있어. 우리가 차이를 만들어낼 수 없다고 누군가 우리에게 말한다면, 우린 그래도 소리를 지를 거야.

분노 & 믿음[79]

이런 말을 듣겠지 이건 문제가 아니라고,
당신의 문제가 아니라고.
이런 말을 듣겠지 지금은 때가 아니라고,
변화를 시작할 때가 아니라고.
우리가 이길 수 없다는 말을 듣겠지.

하지만 저항의 요점은 이기는 것이 아니다;
그건 승리가 금방 약속되지 않아도
자유의 약속을 고수하는 것이다.

상상력을 감시하는 걸 그만할 수 없다면
경찰에 저항할 수 없다는 뜻이다,
아직 채 시작도 하지 않은 일을
안 될 거라고 공동체에 설득하는 걸 그만할 수 없다면,
천 번의 태양을 이미 기다리고 기다렸는데
이번에도 기다릴 수 있다고 설득하는 걸 그만하지 않으면.
이제야, 우리는 이해하게 되었다,
백인 우월주의와
& 그로 인한 절망이
어떤 질병보다도 더 파괴적이라는 것을.

그래서 당신의 분노는 반동적이라는 말을 들으면,
분노는 우리의 권리라는 걸 생각하라.
그게 지금이 싸울 시간이란 걸 가르쳐줄 것이니.
불의에 맞서는,
자연스러운 분노일 뿐만 아니라, 필요한 분노라고,
그게 우릴 도와 우리를 목적지로 데려가줄 것이니.

우리 목표는 보복이 아니라 회복.
지배가 아니라 존엄.
공포가 아니라 자유.
다만 정의.

우리가 승리할 것인가는
존재하는 모든 도전들이 결정하는 게 아니라
가능한 모든 변화가 결정한다.

우리는 멈출 수 없고,
실패할지 모른다는 두려움도 있지만,
우리 지치고 & 약해져서,
우리 불길이 더 이상 분노로 타오르지 않는다 해도,
우리는 이 믿음으로 굳건해질 것이니,
국가(國歌) 안에 있는, 그 선서 안에 있는 믿음으로:

검은 목숨들은 중요하다,
무슨 일이 있어도.
검은 목숨들은 살 가치가 있고,
보호할 가치가 있고,
제각각 투쟁할 가치가 있다.
그 투쟁은 싸우다 넘어진 자들에게 빚지고 있고,
우리더러 일어서라고 하는 날이 오면,
결코 무릎 꿇고 있지 않을 우리 자신에게도 빚지고 있다.

다 함께 우리 무법의 날이 아닌 해방의 날을 그려본다.
결함이 없는 미래가 아니라 자유로운 미래를 만든다.
다시 & 또다시, 되풀이 & 되풀이하여,
우린 모든 산비탈 성큼성큼 걸을 것이다,
담대하고 & 겸손하게.
정직하고 & 명예로운 힘이
우리를 보호하고 & 도와줄 것이다.
이것은 저항 그 이상이다.
　　　　하나의 약속이다.

장미

폭동은 붉다
폭력은 시퍼렇다
우리는 죽는 게 넌더리 나는데
너넨 어때?

한 나라의 진실[80]

눈에 띄게 번쩍이는 그 녹색 조끼—
바로 직전까지 여유롭게 순항하던 그의 자전거가
미끄러졌다 정 지 한 다

턴테이블에 올려놓은 디제이의 손처럼.
사냥꾼은 자기 자국을 남겼다.
세상에 자국을 남겨 그의 것으로 만들고.
우리는 숨길 것이 없었지만
그를 위해 우리의 결백을 다 동원하여,
뷔페 접시처럼 쫙 진열해놓았다.
자, 실컷 눈요기해봐.
보라고.
보라고.
아니, 정말로.
우리가 평화롭게 왔다는 걸
보여주었지만,
그는 이미 전쟁 중이었다.
우리 다 그렇지 않은가,
항상?

우린 눈을 깜박였다, 멍하니,
소총 앞에 있는 암사슴.
우리들이 누구였는지,
우리가 누구였는지
그가 알아보지 못했던가?
집까지 걸어오려 했던 소녀
& 살아서 이야기하려 했던 소녀.
그 순간, 우리는 너무도 너무도
코웃음을 치고 싶다

소리치고 싶다

살아남고 싶다.

우리는 존재하기 위해 열심히 싸웠다.
아무것도—
& 다시 말해 어떤 것도—
널 안전하게 지켜줄 수 없다.
무엇보다 침묵이 그렇다.[81]
이 거대한 생명과 얘기해보라,
똑같은 숨결, 우리에게 다시는
허락되지 않을 테니.

* * *

한 나라의 차가운 자존심이 죽일 것이다,

우리 목을 조를 것이다, 우리가 그림자 드리운 바로 그 자리에서.

이것은 또한 쇼빈(Chauvin)[이즘(ism)][82]이라고 불린다.

그런 고통은 일정한 패턴으로 돌고 돈다,

관행이 되어, 차가워지고, 암호화되어, 익숙하되 가족적이진 않은.

그게 뭔지 우리가 안다면

우리는 평화를 갈망할까?

* * *

우리의 전쟁은 변화해왔다.[83]

우리가 절대 죽지 않는다고 누가 말했든

우리의 꿈속에서 분명히

흑인이었던 적은 한 번도 없다.

때로 그 모든 어스름이 우릴 끌어내린다.

때때로 두터운

밤에, 우린 우리 이름을

다시 & 다시 & 또다시 말하지

모든 의미를 잃을 때까지,

음절이 다만 또 다른

죽은 것이 될 때까지.

이건 일종의 리허설이다.

우리는 가만히 서 있다.
마치 우리가 여전히
존재하고
있다고 주장하듯이.
악몽에 시달리며,
우리는 부활한다.
* * *
원치 않는 순교자들의 연합.
죽음은 모두를 동등하게 만드는 것이 아니다,
죽음은 어떤 것과도 똑같지 않아서,
인생을 0으로 만든다.
그것은 이 나라의 기계장치다.

그 주기적인 것이 튀어 오르자,
폭력도 다시 튀어 올랐다,
비정상적인 상태에서 정상인 채로,
완전히 열린 채로.
그래서 우리도 몸서리치지 않았다,
우리 몸들이
갈기갈기 찢기는 걸 본 후에
어떻게 물결을 이루는지

더는 기억 못 하는 우리 어깨들.
평화롭게 잠들기를(R. I. P.)
팬데믹으로 파괴된 이들.
강탈당한 무고한 이들.
완전히 파괴된 대체 불가능한 사람들이여.[84]
다들, 꾸물대지 말고 서둘러.
* * *
질문하는 것은
한 손을 들고
& 마지막을 위한 준비를 하는 것이다.
대답은 하나의 공격이다,
널 때려눕힐 수도 있다.
뭐 하나 말해줄까? 우리는 묻는다.
쏴! 반응이 갈라진다.

아, 사랑하는 사람들이 어떻게 포위되었지.
우리가 열렬히 기도했어도,
누구나 먹잇감이 된다
        돌아서서 달리지
않을 때엔 말이다.
요즘, 사는 것은
죽어가는 예술.

* * *

우리는 이리로 데려와졌고
& 가진 거라곤 이 형편없는 티셔츠,
이 나른하고 자유로운 상처였다.
우리의 지친 분노, 길들이지 않은 분노를 맛보라.
우린 어떤 것도 두 눈으로 보지 못했고
이 삶은 우리를 놀라게 한다.

불신은 우리가 한 번도
갖지 못했던 어떤 사치품,
한 번도 없었던 어떤 멈춤.
밤새도록 공포를 견디느라
우리가 몇 번이나 가르랑거렸는지.
진실은, 한 국가가 총기 아래 있다는 것.

* * *

이 공화국은 음습하게 자라났다.
총기 & 세균의 나라 &
훔치는 땅 & 생명의 나라.
아 말해보라 우리가 지키는
이 피가 우리 밑에서
피투성이 별처럼 빛나고
있음을 우리 볼 수 있을까.
노력했더라면 어땠을까.

귀담아듣기만 하더라도, 우리가 어떻게 될까.

❋ ❋ ❋

흉터 & 줄무늬.[85]

무서워 죽을 것 같은 학교,

죽음 연습을 훈련시키는 학교.

사실은 말이야, 책상 밑에서 한 번만 교육받으면,

총알에 몸을 숙이게 되지.

곧 날카로운 추락이 온다

언제 우리는

물어봐야 하나 우리 아이들이

어디에서 살아야 할지

& 어떻게 살아야 할지.

   & 그렇다면.

우리는 또 누구를 죽게 놔둘 것인가.

❋ ❋ ❋

다시 말하지만, 언어가 중요하다.

아이들은 배웠다—

미국: 미국이 없으면, 민주주의는 실패한다.

하지만 진실은:

민주주의 없는 미국은 실패한다.

우리는 우리 나라가 불태울 거라 생각했다.

우리는 우리 나라가 배울 거라 생각했다.

*미국*을,
우리의 이름을
어떻게 노래하는지,
단수형이며,
서명된,
그을린 이름을.

재는 염기성이며, 기본을 의미한다.
모두 사실이다.
불태우는 건 아마 가장 기본적인
정화라는 것.
시간은 말했다: *살아남기 위해서는 변해야 한다.*
우리는 말했다: *우리의 죽은 몸을 밟지 말고.*
할 수 있다는 이유만으로
자신을 파괴하는 나라를 뭐라고 부를 수 있을까?
변화하기보다 숯이 될
나라를?
이에 대한 우리의 유일한 단어는
집.
* * *
한 가지 이상의 빛깔이 자주 출몰한다.
우리가 돌보는 것은 지킬 수 있다고
믿고 싶다.

우린 믿고 싶다.

진실은, 우리는 하나의 국가, 유령들 밑에서.

진실은, 우리는 하나의 국가, 기만 밑에서.

솔직히 말해보라:

우리가 말하는 대로 될지.

* * *

세상은 여전히 우리를 무섭게 하고.

우리가 아는 것을 쓰라고 한다.

우린 우리가 두려워하는 걸 쓴다.

우리의 두려움은 그제야

우리가 사랑하는 것들에 의해 작아진다.

매 순간, 우리의 사람들 &

우리의 지구를 위해 우리가 느끼는 것이

우리 무릎을 꿇게 한다,

너무나 거대해서 우릴

죽일 것 같은 연민.

이 세상을 위한 또는 이 세상의 사랑은 없다,

밝으면서 참을 수 없고 또 계속 지니고 갈 수 없을 것처럼

느껴지지 않는 그런 사랑은 없다.

* * *

우리가 이곳을 만들었다,

이 나라가 이끌 수 있다는 걸 알고서,

이 나라가 지속되지 않을 수도 있다는 걸 알고서,
패배할지도 모른다는 걸 알고서.

우리의 사람들,
우린 당신을 데려가 소유하고 & 야단치게 한다,
사랑하고 & 변화하게 한다,
아플 때나 건강할 때나,
숨결이 우릴 갈라놓을 때까지.
당신을 어떻게 발음하지?
땅 & 싸움?
우리의 손은 시작한 것을
내려놓지 말아야 한다.
* * *
우리 나라는 젊고
& 비틀거려 보여도, 놀랍다,
걷는 법 배우는 사자처럼.
한 국가가, 실수투성이다.

섬세하게 하지 않은 일은
적어도 정중하고 & 신중하게 하자,
여기엔 아직 약속이 있으니까
무엇보다 여기서 우리가 한 약속.
* * *

어떤 날들은, 우리는
아무것도 믿지 않고 오직
믿음만을 믿는다. 하지만
우리를 앞으로 나아가게 하기엔 충분하다.

전쟁이나 경계심 없이도
우리가 변화할 수 있다고 믿는다.
우리는 완고하나 단순하지는 않다.
전투에서 이길 수 없을지도 모른다는 걸
아는 장군처럼 전략적이다.
희망이 있어서 낙관적인 것이 아니라,
낙관적인 것만이 희망을 우리의 것으로
만들 수 있기에.

* * *

슬픔은 사랑에 의지한다.
우리가 가장 소중히 품은 것은 떠날 것이다.
하지만 우리가 바꾸어온 것은 지속될 수 있다,
선언되고 & 선택되어.

우리가 서로서로 만들어나갈
우리 & 모두를 그려본다:
벌어진 상처처럼,
우리 얼굴이 축축하게 빛나고,

새로이 만들어진 우리 자아들의
불꽃에 눈이 부셔.
진실은: 하나의 세계가, 경이로 가득 차,
계시로 생생하다.
그런 기도,
그런 국민,
그런 평화,
그런 약속이
우리의 것이 되게 하라.
올바른
& 빛나는
진짜가 돼라.

신에게 바치는 술[86]

레일리 롱 솔저풍으로

오늘

우리는

들으며　　　말하며

그 과거를　　그 고통을　　그 유행병을

우리는 외친다　우리는 수행한다　우리는 존재한다　우리는 움직인다

기억하면서　이름을 다시 지으면서　저항하면서　바로잡으면서　일깨우면서

우리의 세계를　우리의 세계를　우리의 세계를　우리의 세계를

유령처럼　　껍데기처럼　　인간처럼

풀어놓으며　　　빛내며

우리 입들을

집을

결의안

아침의 기적

우리는 애도하는 세상에 깨리라 생각했다.
몰려오는 먹구름, 폭풍우 이는 사회에.
하지만 이 황금빛의 아침에는 뭔가 다른 것이 있다.
넓고 & 따뜻한 햇살 속에 마법 같은 무언가가.

유모차를 밀며 조깅하는 어떤 아빠를 본다.
길 건너편에서 밝은 눈동자의 소녀가 자기 개를 쫓아간다.
현관에 있는 할머니는 손으로 묵주를 돌린다.
젊은 이웃이 식료품을 가져오자 빙그레 웃는다.

자그마니, 떨어져서 & 모두 혼자라고 느낄지 모르지만
우리 국민이 이렇게 긴밀하게 묶인 적은 없었다.
우리가 이 미지를 *행여* 헤쳐나갈 수 있느냐가 아니라
어떻게 우리 함께 이 미지를 헤쳐나갈지, 그게 문제다.

하여, 이 의미 있는 아침에, 우리는 애도하고 & 우리는 고친다.
빛처럼, 우리는 구부러지더라도 깨질 수는 없다.

하나로서 우리는 절망 & 질병을 모두 물리칠 것이다.
우리는 의료 영웅들 & 모든 직원들과 함께한다;

가족들, 도서관들, 웨이터들, 학교들, 예술가들과 함께;
사업, 식당 & 병원들이 가장 큰 타격을 입었다.

우리는 빛 속에서 발화하는 게 아니라 빛이 부족한 데서 발화한다,
상실 속에서 사랑하는 법을 정말로 배울 수 있기 때문이다.
이 혼란 속에서, 우리는 선명함을 발견할 것이다.
고통 속에서 우리는 연대를 찾아야 한다.

우리에게 감사함을 주는 것은 바로 슬픔이라서,
희망을 잃을 때 어떻게 희망을 되찾는지 보여주는 것도 슬픔이라서.
그러니 이 고통을 헛되이 참지 않도록 하라:
고통을 무시하지 말라. 고통에 목적을 주라. 그걸 쓰라.

동화책을 읽고, DJ 음악에 맞춰 혼자 춤을 추라.
이 거리가 우리 마음을 더 애틋하게 만들 거라는 걸 알아두라.
이 고통의 물결에서 우리의 세계는 더 강하게 나타날지니.

인류가 그 짐들을 어떻게 용감하게 안는지 지켜볼 거다,
또 우리를 친절한 인간으로 만드는 순간들도.
매 아침이 용기 있게 더 가까이 다가가는 우릴 보게 될 것이다;
싸움이 끝나기 전에 그 빛을 세심히 살피는.
이게 끝나면, 우리는 다정히 웃으며 마침내
시련의 시간 끝에 우리가 최고가 된 것을 보게 될 거다.

조짐
혹은 그 새들

고대 로마에서, 조짐을 보여주는 것은 공식적인 점쟁이였다.
그들의 날렵한 눈은 해석한다
징조를 & 하늘을 점점이
가로지르는 새들을.
그들의 일은 미래를 예언하는 게 아니라,
새 이름 붙은 신들이 일이 일어나기 전에
그걸 승인했는지 결정하는 것이었다.

미래를 정확히 예측하는 유일한 방법은
길을 닦는 것이다.
용감하게 맞서는 것이다.
파손은 우리가 시작하는 곳.
그 파열은 기억하기 위한 것.
즉,
여기는 우리가 우리 상처를 안는 곳.
우리는 부상에서 꿈을 꾸기 시작한다.
우리는 상처에서 축성한다.
햇빛의 봉합 아래서

우리는 동요하는 우리를 느낀다,

천천히, 다정하게,

처음인 것처럼.

이것이 우리를 무참히 찢어놓을 뻔했다.

그래, 정말로.

찢긴 채로 우리는 시작한다.

연습이 국민을 만든다

계획을 짜는 것,
이 일이 끝나면,
또는 *못 기다려요* 같은 것,
정말로 미래를 톡톡 두드리는
우리의 손마디, 선체 밑에
놓여 있는 것을 가늠하며.
하지만 내일은 드러나지 않았고,
오히려 제시되고 정제된다. 짜여진다.
운명은 거슬러 싸우는 게 아니란 걸
기억하세요. 운명은 그것을 위하여 싸우는 것. 다시.
& 다시.

*** * ***

새로운 지혜는 없을지도 모른다,
그냥 오래된 비통,
새로 불러보는 새 낱말들
& 행동하려는 의지.
인생이 멈춤 & 시작에서 뒤로 휘청하는 걸 우리 봐왔다
걸음마를 배우는 젖어 있는 무언가처럼.
충전되고 & 바뀐 공기.
우리도, 충전되고 & 바뀌었다.

그 바늘이 우리 팔을 뚫는 데에
걸린 근육질의 영원.
마침내: 우리가 청했던 고통.
그래, 충분해, 우리의 가능성에 기대어
우리가 움직이는 것.

익명으로

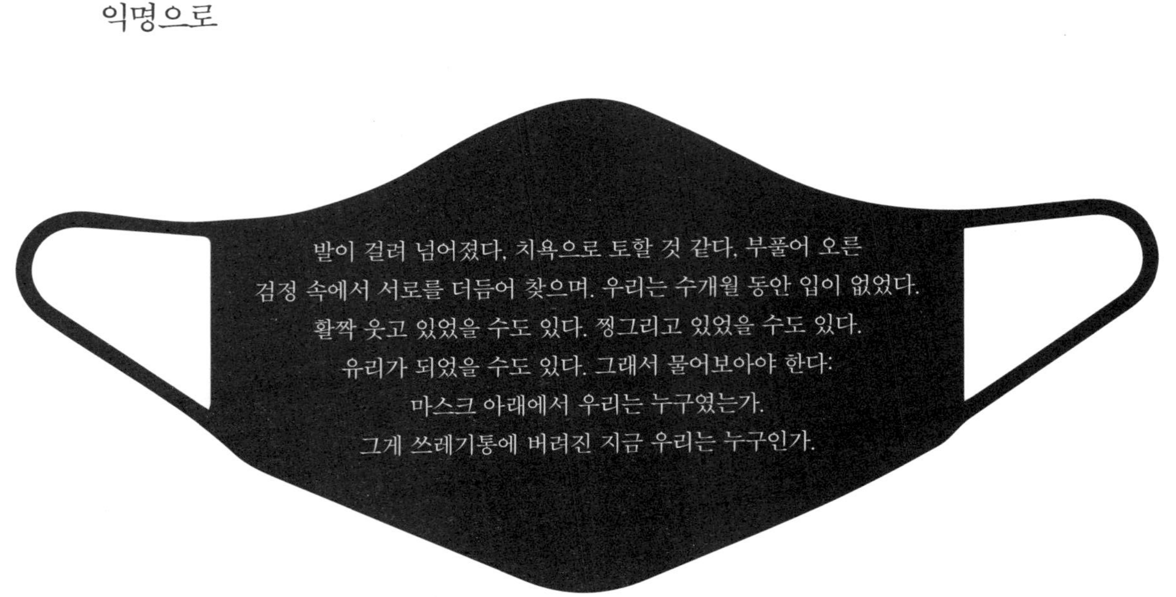
발이 걸려 넘어졌다, 치욕으로 토할 것 같다, 부풀어 오른
검정 속에서 서로를 더듬어 찾으며. 우리는 수개월 동안 입이 없었다.
활짝 웃고 있었을 수도 있다. 찡그리고 있었을 수도 있다.
유리가 되었을 수도 있다. 그래서 물어보아야 한다:
마스크 아래에서 우리는 누구였는가.
그게 쓰레기통에 버려진 지금 우리는 누구인가.

우리는 쓴다

흐릿하고 & 멀찍이 던져진
어떤 행복을 향해 우리 손을 벌려서
우리는 베어 가른다, 아무리 잠깐이라도
악하지 않고 깨지기 쉬운 것을 찾아서:
만지려면,
만나려면,
다시
인간에게: 특별하지 않은 경이로운 일들이
다시 만나려고 흩어지고.
우리가 몰수당한 이 모든 말할 수 없는 축복들—
포옹, 희망, 심장—
마침내 모두에게 사랑받고 & 아무에게도 홀대받지 않고.
돌아오기 위해선
엄청난 낱말들의 함대가 필요할 것이다.

* * *

그러고 나서 우리 목구멍이 밀고 들어와:
더 이상의 복수는 없다
우리는 뽐낼 것이다, 우리 손가락들에
아무리 무거운 날이 놓인다 해도.

변화는 선택들로 이루어진다,
& 선택은 성격으로 이루어진다.
우리를 시작하게 하는 건 무엇이든 붙잡아라,
거품처럼 형태가 없더라도.
우리는 계속 희망한다
아무 이유 없이.
우리가 공유하는 모든 이유 때문에.

우리가 울 때,
그건 논리뿐 아니라 상실이다:
영면에 든 자들이 우리를 떠나지 않게 하소서
우리를 일으켜 세우게 하소서.
우리는 살았어요.
& 그건 우리가 요청한 것 이상이었어요.
우리, 또한, 이글거리며 절규해야 합니다.
* * *
우리는 쓴다
당신이 들을지도 모르니까.
우리는 쓴다
길을 잃었기에
& 외롭기에,
& 당신도, 우리처럼,
찾고 있으니
& 배우고 있으니.

단일 신화[87]

영화는 발생한 일이 아니다, 영화는 일어난 일에 대한 어떤 인상이다.

—더스틴 랜스 블랙[88]

장면 1: 알려진 세계

그들이 세상을 보듯 여기, 이야기의 일부에서 우리는 우리의 영웅을 본다. 이야기가 어떻게 시작하는지 우리가 믿는 관점에서 우리는 '정상'을 이해한다.

2019년 12월: 중국 우한에서 폐렴과 같은 새로운 질병이 확인됨(& 아직 알 수 없지만, 12월 말 프랑스에서 치료를 받은 환자에게도 코로나바이러스가 있었다).

12월 18일: 가장 건조한 봄에 이어 호주는 기록상 가장 무더운 날을 경험한다.

장면 2: 요청

수평선 너머로 휘어지는 어떤 부름에 우리의 영웅이 소환된다. 그들*이 따라올 것인가,* 관객들은 팝콘을 우물우물 먹으며 곰곰이 생각한다.
당신만이 그에 대답할 수 있다.

2020년 1월: 호주에서 계속 발생한 종말론적인 관목 지대 화재가 국제적인 관심을 받는다. 위기가 계속되는 동안, 추정에 따르면 18만 6000제곱킬로

미터가 불에 탔고 33명이 목숨을 잃었으며 & 3094채의 집이 파괴되었다. 세계자연기금은 지난 1월, 10억 마리 이상의 동물들의 죽음을 추정했다. 아마존 열대우림 불태우기 & 전 세계적 삼림 벌채가 계속되고 있다. 2020년에는 약 1만 제곱킬로미터의 숲 — 200만 개 이상의 미식축구장 — 이 잘려나가게 된다.

1월 30일: 세계보건기구(WHO)가 전 세계 비상사태를 선포한다.

장면 3: 요청 거부

영웅은 소환을 거부한다. 게으르거나 겁을 먹고 있거나 혹은 둘 다이다. 그들은 아직 이야기가 원하는 영웅의 모습을 다 갖추지는 못했다.

2월 7일: COVID-19 사태 초기에 중국 의사 리원량 박사가 COVID-19에 대해 인민들에게 경고하려고 하다가 바이러스에 감염되어 사망한다. 1월 초, 중국 당국은 그에게 그의 우려가 근거가 없다는 문서에 서명할 것을 강권함. 복선 & 극적 아이러니로서 플래시백을 사용하라.

장면 4: 멘토

어떤 교사가 나타난다, 뼛속 깊이 지식을 갖춘. 그들이 알지 못하고, 질문하지 않은 것을 우리 영웅이 배우게 했을 것이다.

앤서니 스티븐 파우치 박사[89]가 무대 중심에서 연설한다.

장면 5: 임계치 초과

우리의 영웅은 새로운 왕국, 구불구불한 숲과 위험한 길에 들어선다. 돌아가는 길이 없다, 그렇지 않으면 우리 스스로에게 등을 돌린다.

3월의 한가운데: 그랜드 프린세스 크루즈선[90]이 바다에 정박 중이다. 이탈리아에서, 사람들이 발코니에서 노래를 한다. 여기서, 음악은 사운드트랙 속에서 부드럽게 이어지며 부풀어 오른다. 3월 11일, WHO가 COVID-19 팬데믹을 선언한다. 3월 13일 켄터키주 루이빌에 사는 스물여섯 살 응급 의료 기술자인 브레오나 테일러가 그녀의 집을 급습한 경찰에게 살해당한다. 실수였다. 그녀는 습격의 목표도 아니었고, 거기에는 목표도 없었는데, 총알 서른두 발이 경찰관들의 복무용 총에 의해 발사된다. 우리가 테일러의 이름을 알기까지 시간이 걸리고 & 그 이름을 말하기까지 더 긴 시간이 걸린다.

국경 봉쇄, 사회적 거리두기, 봉쇄 조치 & 격리가 이 대륙에 일상이 되었다. 3월 26일경, 미국에서 다른 나라보다 훨씬 더 많은 감염자가 보고되었고, 유색인종과 노동자들 & 투옥된 이들이 비정상적으로 많이 죽었다. 4월 2일경에는 171개국에서 100만 건이 넘는 확진 환자가 발생했다. 1000만 명 가까운 미국인들이 일자리를 잃는다. 화장지를 사려고 찾아다니는 사람들과 집에서 아무것도 하지 않는 아이들을 클로즈업하라.

장면 6: 시련의 길

장애물들은 잡초처럼 바깥쪽으로 구부러져 발걸음마다 피어난다. 우리는 적응해야 한다, 그렇지 않으면 실패한다.

5월, 일본 & 독일이 모두 불경기에 진입한다. 라틴아메리카에서 감염자가 늘고, 미국 사망자 수는 10만 명으로 여전히 가장 많다. 곡선을 평평하게 하려고 우리는 필사적이다. 오, 서로에게 구부러지는 게 얼마나 그리운지.

장면 7: 헌신

총소리처럼 크고 & 돌이킬 수 없는 상실이 우리를 친다. 우리는 죽은 우리 동료들에게 헌신해야 한다. 그들이 할 수 없으니 우리는 앞으로 나아가야 한다.

5월 25일: 46세의 흑인 남성인 조지 플로이드가 경찰에게 살해당한다. 경찰이 그의 목을 무릎으로 눌렀다. 숨을 쉴 수 없다 애원했는데 무시되었다.

5월 26일: '흑인의 생명은 소중하다(Black Lives Matter)' 시위가
미니애폴리스에서 시작되고 & 전 세계로 확산된다. 여기저기서, 우리는
비명을 지른다. 계속 소리 지른다.

장면 8: 위기

갑자기 아래를 내려다보고 & 창자에서 칼이 돋아나는 걸 보는 것 같은 놀라움. 이야기꾼들 사이에선 이걸 트위스트라고 부른다.

6월 11일: 아프리카의 코로나바이러스 감염자 수가 20만 명에 이른다.

7월 10일: 우리는 무감각하게 숫자를 센다. 미국은 일일 감염자 수 6만
8000명에 달한다. 하루 최대 기록을 일곱 번째로 깨는 거다. 11일 만이다.
녹슨 금메달을 걸고 있는 깃발을 와이드 숏으로 잡아라.

7월 13일: 지금까지, 500만 명 이상의 미국인들이 건강보험을 상실했다.

장면 9: 가장 어두운 순간

이에 대해선 의심의 여지가 없다. 우리는 최악의 방식으로 실패했다. 모든 걸 잃은 것 같다. 우린 참호에 갇혔다; 기어 다니는 것조차 우리 능력 밖이다.

8월 22일: 전 세계 바이러스 사망자가 80만 명을 넘어섰다. 시신 다음에 시신 다음에 시신 다음에 또
2020년 9월: 캘리포니아, 오리건 & 워싱턴 도처에 산불이 나서 사상 최악의 산불 시즌으로 기록된다. 이들 주는 지구상에서 최악의 대기 질을 경험하는 중이다(오리건주의 지역들에서 대기오염은 실제로 측정 가능한 대기 질 지수를 넘어섰다). 이번 산불은 4만 제곱킬로미터의 땅을 태우고 1만 채가 넘는 건물들을 파괴하고 & 40명 가까운 사람들을 죽였다.

9월 3일: 바이러스가 미국 대학에서 급증해서 5만 1000건 이상의 사례가 보고되었다.

9월 7일: 400만 명 이상의 감염자가 발생한 인도는 환자 수가 두 번째로 많은 국가가 되었다.

9월 28일: 전 세계 사망자 숫자는 100만 명에 달하고, 의심의 여지 없이 실제는 이보다 더 많을 것이다.

10월 11일: 전 세계에서 3일 만에 1백만 건 이상의 신규 확진이 보고되었다.

장면 10: 내부의 힘
영웅이 주먹을 불끈 쥔다. 우리 안의 뭔가가 근육처럼 꽉 조여진다, 떨리는 기억이 우리가 누구이며 & 무엇인지를 생각나게 한다. 우리의 뼈에서 음악이 흘러 크레센도로 점점 커진다. 이 모든 것, 정상이 아니다. 하지만 잘 생각해보면 우리도 정상이 아니다.

11월 7일: 조 바이든이 미국 대통령 선거에서 승리한다.

12월 2일: 영국은 화이자사의 코로나바이러스 백신 긴급사용 허가를 내린다. 서방국가로는 처음으로 백신접종을 시행, & 12월 8일부터 예방접종을 시작한다.

12월 6일: COVID-19가 미국에서 사망의 원인으로 심장병을 능가하게 되었다.

12월 11일: FDA가 화이자 백신에 대한 긴급허가를 내렸고 & 18일에는 모더나에 대해서도 같은 절차로 진행할 예정이다.

12월 14일: 미국의 사망자 수가 30만 명을 넘어섰다. 샌드라 린지, 뉴욕에 사는 중환자실 간호사가 임상시험 외에 백신을 접종받는 첫 번째 사람이 되었다. 흑인 여성으로서 백신을 맞는 것이 얼마나 중요한지 그녀가 설명한다. 한 주지사가 말하길 이 백신이 이 전쟁을 종식시킬 무기라고 한다. 곧 보게 되겠지만, 전쟁은 이제 막 시작되었다.

장면 11: 전투

우리의 영웅은 반대 세력 사이에서 맞서 싸워야 한다. 칼, 검, 지팡이 & 낱말로 무장하고, 그들은 그들이 믿는 것을 지켜야 한다.

1월 6일: 트럼프 지지자들이 미 의사당을 습격, 5명이 죽었다. 어딘가에서 시인은 달빛 없는 불빛 아래 글을 쓰고 & 문득 펜을 내려놓는다.

1월 7일~8일: 페이스북 & 인스타그램이 트럼프의 계정을 정지시킨다(이후 6월에 이 금지 조치가 2년 동안 유지되어 2023년에 종료된다고 발표된다). 트위터는 폭력을 옹호한 트럼프를 영구 제명한다.

장면 12: 클라이맥스

모든 것이 여기에 맞춰진 것 같다 — 클라이맥스에, 등정에, 고통과 그 고통 너머의 평야를 볼 수 있을 만큼 충분히 높은.

1월 20일: 야외. 미 국회의사당 — 낮. 조 바이든이 미국의 46번째 대통령으로 취임하다. 카멀라 해리스가 최초의 여성 부통령이 되다, 아시아계 & 아프리카계 미국인으로서도 최초이다. 어맨다 고먼, 노예의 자손인 깡마른 흑인 소녀가 미국 역사상 최연소로 취임식에서 시를 읽은 시인이 되다. 정확히 정오에, 희뿌연 구름이 휘면서 햇살이 쏟아진다.

장면 13: 결의안

영웅은 그들의 검을 닦고, 죽은 자를 세어본다. 집으로 향한다, 시작된 곳으로 돌아간다. 고개를 높이 든 동시에 숙인 채, 여기서 있었던 일을 그들은 절대 잊지 못할 것이다.

1월 20일 계속: 키스톤 XL 파이프라인 건설이 중단된다. 바이든 대통령이 프로젝트의 허가를 취소한 후다. 80만 배럴의 석유를 캐나다 앨버타주에서 텍사스 걸프 해안을 따라서 미국으로 운반할 계획이었다. 바이든 대통령은 취임 몇 시간 후 안토니우 구테흐스 유엔사무총장에게 보낸 편지에서 미국은 WHO의 회원국으로 남을 것이며, 지난 정부의 회원국 탈퇴 계획을 취소한다고 밝힌다.

2월 19일: 미국이 파리 기후 협정에 다시 가입한다.

2월 27일: FDA는 존슨 앤드 존슨(J&J) COVID 백신 긴급사용을 허가한다.

3월 11일: WHO가 COVID-19를 팬데믹으로 선언한 지 1년이 지났다.

3월 12일: 미국은 1억 번째 백신을 투여한다. 확진자 수가 감소하고 있다.

4월 13일: 바이든 대통령은 아프가니스탄에서 모든 미군을 철수시킬 것이라고 발표한다. 9/11 20주년 기념일까지 완료할 계획, 이 나라의 가장 긴 전쟁이 종식된다. 8월에 탈레반이 카불을 장악하게 될 것이다.

4월 20일: 조지 플로이드의 살인범이 두 건의 살인 혐의 & 한 건의 과실치사 혐의로 유죄판결을 받는다. 우리는 모두 흐느껴 운다.

7월 말 무렵, 전 세계적으로 거의 40억 건의 백신접종이 이루어졌다. 우리는 무릎에서 이마를 떼고, 마스크처럼 얼굴에서 손을 떼어낸다. 그 아래로 우리의 미소가 전쟁 후의 흉갑처럼 벗겨진다.

어디선가 독자가 이걸 읽는다.
결의안이 진행 중이거나, 작성되지 않았거나, 읽히지 않은 경우에, 해결이 존재하는가?
이야기의 일부는 영웅들이 세상을 보듯 우리가 우리의 영웅을 보는 곳에 있다.
우리는 이야기가 어떻게 시작되는지 믿는 그 관점으로 '정상'을 이해한다.
영감과 통찰력이 우리 안에 있다.
항상 음악에서 빠진 누군가가 있다.

장면 14: 특이한 세계
영웅은 다르다. 그들의 우주는 다르다. 새로운 뭔가가 있다, 태양처럼 지구 끝자락에 앉아서.

영화의 속편 〈델타 변이(Delta Variant)〉가 올해 말에 나오고, 세 번째로

〈람다(Lambda)〉도 곧.
암전.
침묵을 빨아들이며 내레이터의 목소리가 길게 이어진다.
주인공의 주제곡은 좋은 마무리를 위해 처음부터 큐.
그들의 여정의 끝에, 영웅은 같은 장소에 서 있을지도 모른다, 거기서 그들의 이야기는 시작되었지만, 그럼에도 불구하고 그들은 돌이킬 수 없이 이동되고, 변경되고, 쫓겨난다.

우리는 모두 영웅은 아니지만, 적어도 모두 인간이다. 이것은 클로징이 아니라, 오프닝, 넓어지는 것 — 하품이 아니라 비명, 부르는 노래다. 우리는 무엇을 인정하고 & 우리 자신에게로 들어가게끔 할 것인가. "다 끝" "끝마쳤어" 같은 건 없다. 어떤 종결을 하게 되더라도, 우리 안에서 그건 더 가까이 오게 될 것이다. 아, 그게 이야기화된다면 얼마나 정돈되고 & 절실한 싸움처럼 보일까. 우리는 깔끔하게 조각된 원호를 어떻게 계속 & 계속 보내는가. 우리 이야기는 이 세계가 어떻게 지나가는 것인가인데.

이 타임라인은, 당연히, 절대로 완성되지 않을 것이다. 샘플은 절대 단순하지 않고, 감당할 수 없는 것을 호출함에 있어 늘 불충분하다. 그 어둠 속에서 누가 & 무엇이 우리에게 가장 중요했는지 셀 수 있는 방법은 단 한 가지도 없다.

이것들은 우리가 극복하는 것들 중 일부에 불과하다.
하지만 그걸 합친 것보다 더 많아지도록 하자.

부호로 된 종결부

_오_ _펜!

이제 _펜!

_ _ _ _ _끝났어

_ _ _무엇_이 끝이다

물어봐줘서_고마워!

끄읕_ _ _ _

_ _마지막

_ _ _엉말

_ _돌아와라

우리_돌아온다

우리_ _ _ _ _ _ _ _ _ _ _ _ _ 거칠고

우리_ _ _ _울리고

보아_ _ _ _ _ _ _ _ _ _ _ _ _ _ _ _ 우리_ _
보려고 _ _ 했듯이_

보아_ _ _ _ _ _ _ _ _ _ _ _ _ _ _ _우리_ _
되려고 했듯이 _ _ _ _[91]

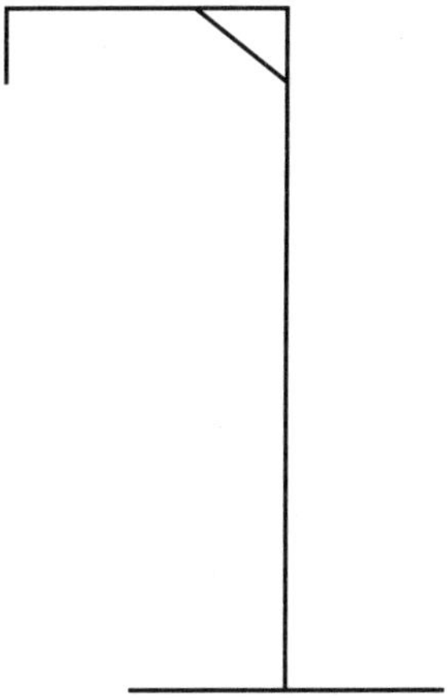

특이한 세계

최악은 끝났다,
누구에게 묻느냐에 따라 다르겠지만.
이번엔 우리만 남아,
명령에 의해서가 아니라
우리가 지금껏 원했던 전부는
우리만의 시간을 잠시 갖는 것이었기에,
가만히 & 보기 위해,
멀지만 멀지는 않은,
달이 제일 좋아하는
지구를 도는 것처럼.

이제 최고가 시작되었으니,
누구에게 묻느냐에 따라 다르겠지만,
빛나는 모든 것에서
움츠러드는 벌레가 될 수는 없다.
우리의 미래는 바다
태양으로 넘쳐나는,
우리 영혼들, 열렬하고 & 단단해.
우리 모두는 그 타오름을 베어낸 것.
우리는 누구인가, 어둠에서
우리가 만드는 그 무엇이 아니라면.

에식스 II

세상이 갈라지면서
　　　　우리는 함께 왔다.
오직 우리만이 우리를 구할 수 있다.
　　　　우리의 얼굴은 그 시간으로 가득 차,
달빛 드리운 조수(潮水)처럼 우리에게
　　　　새로운 의미가 겹쳐지고.
우리가 잃은 것을 가득 싣고,
　　　　우리가 사랑하는 것을
우리는 따른다.
　　　　아무리 멀리 있어도
늦은 태양은 우리 손바닥에
　　　　벗겨질 듯 보이고.
다시 말해, 거리는
　　　　모든 거대함을 운반할 수 있게
만들고. 운반하는 행위가
　　　　기억을 서로의 것으로 만든다,
그것은 개인적이고 & 공적인 고통.
　　　　서서히, 슬픔이 선물이 된다.
우리가 그걸 맞이할 때, 상실에 귀 기울일 때,
　　　　우리가 정말로 그걸 살려둘 때,

크기는 줄어들지 않을 것이나,

짐은 가벼워질 것이다.

그게 우릴 숨 쉬게 한다.

가장 짙은 절망이 우리에게서

일상의 기쁨을 빼앗지는 않는다.

때로는 우리 안의 깊은 곳으로

뛰어드는 것이

우리가 그걸 뛰어넘는

유일한 길이다.

결심

이 평화의 질주는 아주 깊이
흘러 우리를 그 자리에 뿌리내리게 한다.
움푹 파이고 긁힌 한 시대에
우리가 간신히 삼킨 한 해에
시가 등불이 될 수 있다는 건 사실이다.
기쁨 안에는 정의가 있어서,
우리가 끝냈고 견뎌냈고 & 진입한
모든 것을 배경으로
별빛으로 빛난다.
돌멩이들을 흔들지는 않을 것이다.
우리는 산맥을 만들 것이다.

나무처럼 III, 혹은 엘피스[92]

다시 써보도록 하자,
그 말을 이번에는 바로 할 것이기에
(& 그게 결말이 있는 이유 아닌가?):
우리는 이유 없이 희망하지는 않는다.
희망은 그 스스로 이유가 된다.
사랑하는 이들을, 우리는 어떤 특별한
논리가 있어서 돌보는 것이 아니다,
아니, 오히려, 그 전부를 위해서다.
다시 말해,
사랑은 사랑함에 의해 정당화된다.
당신처럼, 우리는 인간으로 시달리고.
당신도, 우리처럼, 시달리고 또 치유된다.
진실이라고 우리가 느끼는 것은
진실이 육신에 하는 걸 통해
이해될 수 있을 뿐.
나무처럼, 똑같이,
해와 함께 우리를 통과하여
나가는 그 모든 걸 향해
구부러지는 모양에 따라
우리 모양도 만들어진다.

우리는 진실로 자라고 있다
이 상처 위로 & 밖으로
이 사랑에 사슬을 묶느니
차라리 까맣게 태워버리리.
이에 대한 우리의 유일한 말은
변화.

종료

다시 시작하는 것은
뒤로 가는 것이 아니라,
다만 가기로 결심하는 것.
우리의 이야기는 원형으로 새겨지지 않고,
나선형으로 솟구치고/회전하고/형성된다,
연설의 둑 위에 있는 허파처럼
안으로 & 밖으로 *끝도 없이* 이동하며.
우리와 함께 숨을 쉬어봐.
지난 날의 우리와 지금의 우리
옆에서 & 그 너머에서 우리는 내린다.
그것은 회귀 & 출발이다.
성장하는 것처럼 우리는
나선형으로 움직이며 밀고 나간다,
흙으로 형태를 만들면서.
시에는 끝이 없어,
다만 페이지가 넓게 빛나며
들어 올린 손처럼,
잠시 쉬며 포즈를 취하며
기다리는 바로 그곳.
이것이 뼈로 경계 지어지지 않은 우리의 연대.

아마도 사랑은 같은 공기를

숨 쉬려고 느끼는 방법 같은 것.

우리가 가진 전부는 시간, 지금이다.

시간이 우리를 태우고 간다.

우리가 어떻게 감동받았는지가

서로에게 어떤 존재인가를 말해준다,

& 전부가 아니라면

서로에게 우리가 무엇인지를 말해준다.

우리가 지닌 것

우리 어렸을 때 풀밭에 앉아
손을 흙 속에 넣어 분탕질했지.
축축한 그 갈색의 우주가
살아서 생생히 발버둥 치는 걸 느꼈지,
손바닥으로 만든 배에 오목하니 흙을 담았지.

놀라서 우리 눈이 휘둥그레졌어.
아이들은 이해했지:
땟국물조차도 선물이고,
진창에 빠진 것도 기적이고
훼손된 것은 여전히 경이로워.

방주(Ark): 노아의 가족들 & 동물들을 홍수에서 잘 지켜준 그 배.
그 단어는 라틴어 *arca*에서 왔지, '가슴'이라는 뜻, 또 '폐쇄하다,
방어하다, 봉쇄하다'를 뜻하는 *arcere* 라는 라틴어에서도. *Ark* 는 또
토라 율법의 두루마리를 보관하는 회당 안 방이기도 하지.[93]

다시 말해,
우리는 낱말을 방주에 넣는다.
그 외에 그걸 어디다 두겠나?
우리는 계속 말하고/쓰고/희망하고/살고/사랑하고/
싸운다.
다시 말해, 우리는 재난 너머를 믿는다.

결말조차도
땅의 입술에서 끝이 난다.
시간은 그 자체로 원호를 그린다.
그것은 반복이 아니라 계산이다.
날들은 둘씩 짝 지어 걸어야 한다—
과거 & 현재가, 짝을 이루어 나란히 온다.
우리 자신에게서, 우리 자신을 위해
우리가 구하는 것은 바로 미래다.

낱말은 중요하다, 왜냐면
언어가 방주이기에.
그래,
언어는 예술이다,
잘 표현된 공예품이다.
언어는 삶의 기술이다.
그래,

언어는 구명 뗏목이다.

서로를 어떻게 만지는지 우리는 기억해냈다
& 좋은 것들, 옳은 것들 모두를 어떻게 신뢰하는지도.
우리의 진짜 이름들도 알게 되었다—
호출된 것이 아니라,
여기서부터 지니고 가려고
호출된 것을.
우리가 제일 아끼는 것 & 아끼는 사람들 아니라면,
무엇을 우리가 지니겠는가.

빛의 대가가 아니라면,
우리는 무엇인가.
상실은 사랑의 대가이고,
모든 맥박 & 당김보다 더 큰 가치가 있는 빛이다.
기억하기로 결심했기 때문에
우리는 이것을 안다.

진실은,
경이에 흠집 난 하나의 세계.
그처럼 멋진 빛을 보존한 것에
건배를.
진실은, 거의 모든 것을 버리는 데서
기쁨이 있다는 것—

고동치는 해안에 있는
우리의 분노, 우리의 잔해,
우리의 자만심, 우리의 증오심,
우리의 유령들, 우리의 탐욕,
우리의 분노, 우리의 전쟁들.
그들을 위한 피난처
여기엔 없다. 기뻐하라,
우리가 뒤에 남긴 것은
우릴 자유롭게 하지 않을 것이니,
하지만 우리가 남겨둔 것은
모두 우리에게 필요한 것.
우리는 충분하다,
손으로만
무장한 우리는,
열려 있지만 비어 있지 않다,
피어나는 어떤 것같이.
우리는 내일로 걸어 들어간다,
이 세상 외 그 어떤 것도
지니지 않은 채.

우리가 오르는 언덕

바이든 대통령과 바이든 박사 부부, 해리스 부통령과
엠호프 씨 부부, 미국인들과 전 세계에게:

하루가 다가오면, 우리는 우리에게 묻네:
이 끝 모를 어둠 속에서, 우리
어디에서 빛을 찾을 수 있을까?
상실을 껴안고 우리, 바다를 헤쳐가야만 하네.

우리는 용감히 맞섰지, 야수의 배에.
우리는 알게 되었지, 고요가 늘 평화는 아니란 것을,
그리고 공정한 것이 항상 "정의가 되는" 것은 아닌
규범과 견해들을.

하지만 새벽은 우리도 모르게 이미 우리의 것이다.
어떻게든, 우리가 새벽을 연 것이다.
어떻게든, 우리는 견뎌왔고 또 지켜봐왔으니
깨지지 않는 나라를, 다만 미완인 하나의 나라를.

우리는, 한 나라, 한 시절을 잇는 사람들
여기선 깡마른 흑인 소녀,

노예의 후손으로 홀어머니가 키운 그 소녀가
대통령이 되는 꿈을 꿀 수 있다지,
대통령에게 시를 낭독하는 자신을 문득 보네.

그래, 우리는 세련되지 않고 깨끗하지도 않아, 한참 멀었어,
그렇다 해서 우리가 완벽한 공동체를 만들려 애쓴다는 말은 아니고.
우리는 목표가 있는 공동체를 벼리는 일에 애쓰고 있는 중이지,

모든 문화와 피부색과 기질들,
그리고 인간 조건들에
헌신하는 나라를 만드는 것.
그래서 우리는 눈을 들어 본다네,
우리 사이에 가로놓인 것들이 아니라
우리 앞에 놓여 있는 것들을.
우리는 분열을 봉하지,
미래를 먼저 생각하려면
우선 우리의 다름은 옆으로
제쳐두어야 함을 알기에.

서로에게 팔(arms)이 닿도록
우리는 무기(arms)를 내려놓고.
누구도 해치지 않으려 하고 모두 화해롭게 한다네.

다른 것 아닌 이 지구가 말하게 하자, 이 진실을:
비탄 속에서도 우리는 성장했음을,
상처 입으면서도 우리는 희망했음을,
지쳐 있었음에도 우리는 노력했음을.
영원히 함께 뭉치게 될 것임을, 승리할 것임을.
우리가 다시는 패배를 모를 것이라서가 아니라,
다시는 분열의 씨앗을 뿌리지 않을 것이기에.

성경이 우리에게 이걸 그려보라고 하네:
"저마다 제 포도나무와 무화과나무 아래 앉아 지내며
아무도 위협받지 않을 것이다."
우리가 우리 자신의 시간을 충실히 산다면, 승리는
칼날 위에 아니라 우리가 만드는 그 모든 다리 위에 있을 것.
*바로 그것*이 우리가 하고자 한다면
우리가 닦을 약속, 우리가 오르는 언덕이다.
미국인이 되는 것은 우리가 물려받은 자부심 이상의 것,
그것은 우리가 발 디딘 과거, 그리고 우리가 그걸 바로잡는 방식.

우리 나라를 함께 가꾸기보다 산산이 부수려 하는 세력을 우리는 보았지,
민주주의를 지연시키려 하는 것은 바로 우리 나라를 파괴하려는 것임을.
또 그 시도는 거의 성공할 뻔했지.

하지만 민주주의는 주기적으로 지연될 수는 있을지언정,
결코 영원히 패배하지는 않아.

이런 진실, 이런 신념을 우리는 믿어.
우리가 미래에 눈을 두는 동안에
역사가 우리에게 눈을 두고 있기에.[94]

지금은 다만 구원의 시대.
처음엔 그게 두렵기도 했어.
이처럼 끔찍한 시간을
받아들일 준비가 안 되었다 느꼈기에.
하지만 그 안에서, 우리는 힘을 찾았지,
새 역사의 장을 직접 쓰고,
우리에게 희망과 웃음을 주게 될 힘을.

한때 우리 물어본 적도 있어: 이 재앙을 어떻게 하면 이겨낼 수 있을까?
이제 우리 힘차게 말하네: 이 재앙이 우리를 굴복시키는 게 가능하기
나 할까?

어제의 우리로 돌아가지 않으려네,
대신 미래의 우리로 나아가려네:
멍들었으나 온전한 이 나라,

자비롭지만 대범하고
맹렬하고 자유로운.

우리는 되돌려지지 않으리,
위협에 가로막히지도 않으리.
우리의 타성과 무기력이
다음 세대의 유산이 되리란 걸 알기에.
우리 실수가 다음 세대의 짐이 될 것이기에.
하지만 한 가지는 분명하니:
우리가 자비에 힘을 더하면, 힘에 정의를 더하면,
사랑이 우리의 유산이 되리란 것을,
변화가 되고, 우리 아이들 탄생의 권리가 되리란 것을.

그러니 우리, 우리가 물려받은 나라보다 더 나은 나라를 물려주자.
청동처럼 뛰는 우리 가슴의 숨결 하나하나로,
우리 이 상처 입은 세계를 경이로운 세계로 일으킬 것이니.

우리는 서쪽의 금빛 칠해진 언덕에서 일어설 것이니!
우리는 바람 부는 북동부에서 일어설 것이니, 우리 선조들이
처음 혁명을 실현한 그곳!
우리는 중서부 주 호수로 테를 두른 도시들에서 일어나리니!
우리는 햇볕 그을린 남부에서 일어나리니!

우리는 재건하고 화해하고 회복할 것이니,
우리 나라의 알려진 모든 구석에서,
우리 나라로 불리는 모든 구석에서,
다채롭고 듬직한 우리의 시민들.
우리는 나타나리니, 매 맞아도 아름답게.

하루가 다가오면 우리는 어두움에서 걸어 나와
두려움 없이 타오르리니.
우리가 해방시킨 새로운 새벽이 밝아오네,
항상 빛은 존재하기에,
우리가 그 빛을 바라볼 용기만 있다면,
우리가 그 빛이 될 용기만 있다면.

주해

1 레퀴엠은 로마가톨릭교회에서 죽은 이를 위한 위령미사 때 죽은 이의 영혼에게 영원한 안식을 주기를 하느님께 청하며 연주하는 전례음악을 말한다. 미사를 시작하는 입당송을 "Requiem aeternam dona eis Domine(주여, 저들에게 영원한 안식을 주소서)"로 시작한다. '진혼곡' 혹은 '진혼미사곡'으로 번역하고 그냥 '레퀴엠'이라고 하기도 한다.(옮긴이)

2 푸가는 바로크 시대 음악에서 주된 악곡의 형식으로 하나의 선율을 한 성부가 연주하면 다른 성부가 다른 음역에서 모방하는, 일종의 기악적인 돌림노래다. '도주(逃走)'를 의미하는 이탈리아어(fuga)에서 유래하며, 이전에는 '둔주곡(遁走曲)'으로도 번역되었다. 의학용어로 사용될 때는 '배회증' 혹은 '해리성 둔주'를 뜻하기도 하는데, 이렇다 할 목적지 없이 여기저기 배회하는 정신병의 일종을 말한다.(옮긴이)

3 'walking dead'는 '걸어 다니는 죽은 자'라는 의미인데 좀비 드라마 등에서 원어 그대로 쓰기에 그 방식을 따랐다.(옮긴이)

4 리바이어던은 성서나 페니키아 신화에 나오는 사나운 바닷속 괴물을 뜻한다. 하느님이 손수 빚은 혼돈의 힘을 말하기도 하지만 일반적으로는 엄청나게 큰 괴물을 가리킨다. 리바이어던은 히브리어로 '돌돌 감긴'이라는 뜻인데, 기독교에서 말하는 칠죄(일곱 가지 죄) 가운데 질투를 상징하는 악마도 리바이어던이다.(옮긴이)

5 (팬데믹을 통과하는 기간 동안에 사람들 사이 '사회적 신뢰도'가 낮아진 것을 가리키는 말이다.—옮긴이) 실제로 미국에서는 팬데믹 기간 동안에 사회적 신뢰도가 급격히 낮아졌다. David Brooks, "America Is Having a Moral Convulsion," *The Atlantic*, October 5, 2020, https://www.theatlantic.com/ideas/archive/2020/10/collapsing-levels-trust-are-devastating-america/616581. 2021년의 한 연구에 따르면 1918년 스페인 독감 때 살아남은 사람들의 후손도 비슷한 경험을 했다고 한다. Arnstein Aassve et al., "Epidemics and Trust: The Case of the Spanish Flu," *Health Economics* 30, no. 4 (2021): 840-857, https://doi.org/10.1002/hec.4218.

6 "우리가 좀 덜 친절하다면 미안— / 우리를 끝장내려는 COVID가 있었잖아(Sorry if we're way less friendly— / We had COVID tryna end things)." 이 시행은 2016년 발매된 음반 〈Anti〉에 실린, 드레이크가 피처링한 리애나의 노래 'Work'의 가사에서 영감을 받았다.

7 흉사에 대한 경고. 역사적으로 율리우스 카이사르 암살의 날로 예언된 날이다. 공교롭게

도 2020년 3월 15일은 미국에서 가장 큰 규모인 뉴욕시 공립학교 폐쇄가 발표된 날이기도 하다.(옮긴이)

8 타이탄은 그리스신화에서 거대하고 강력한 신의 종족으로 올림포스 신들이 세상을 지배하기 전 이른바 '황금시대'를 다스렸다. 헤시오도스의 서사시《신들의 계보》에 열두 명의 타이탄이 등장한다. 일반적으로 건장하고 지혜로운 사람을 의미하기도 한다.(옮긴이)

9 이 부분에서 시인은 Zoom과 Zombie를 합쳐서 Zoombie라고 하고 Zoo와 Zoom을 이용하여 말장난을 구사하고 있다.(옮긴이)

10 원문은 "We must change / This ending in every way"로, 릴케의 시 'Archaïscher Torso Apollos(Archaic Torso of Apollo)'의 마지막 구절에서 영감을 받았다. 독일어 시를 영어로 옮기면 "You must change your life"라는 의미다.

11 "인간은 얼마나 만신창이인가(What a piece of wreck is man)"라는 구절은 셰익스피어의《햄릿》중 주인공 햄릿의 독백 "What a piece of work is a man!"에서 영감을 받았다. (햄릿의 독백은 "인간은 대체 어떤 물건/작품인가!"로 흔히 해석된다.—옮긴이)

12 어맨다 고먼은 이 시집을 쓸 당시의 미국과 세계를 하나의 난파선으로 보고 시집을 구상하면서 허먼 멜빌의 소설《모비 딕》에서 큰 영감을 얻은 듯하다.(옮긴이)

13 Ocean Vuong, *On Earth We're Briefly Gorgeous*. 오션 브엉은 미국의 주목받는 시인이자 소설가로 베트남계 미국인이다. 2016년 발표한 첫 시집《관통상을 입은 밤하늘(Night Sky with Exit Wounds)》이 뉴욕타임스 베스트셀러에 올랐고, 2019년 자전적 소설《지상에서 우리는 잠시 매혹적이다》를 출간하여 다시 한번 독자들의 큰 사랑을 받았다.(옮긴이)

14 "우리는 우리가 사냥하는 것이 되네(we become what we hunt)"라는 구절은 너새니얼 필브릭(Nathaniel Philbrick)의《바다의 심장에서: 고래잡이배 에식스의 비극(In the Heart of the Sea: The Tragedy of the Whaleship Essex)》에서 영감을 받았다. "The sperm whales' network of female-based family unit resembled, to a remarkable extent, the community the whalemen had left back home on Nantucket. In both societies the males were itinerants. In their dedication to killing sperm whales the Nantucketers had developed a system of social relationships that mimicked those of their prey." (낸터킷 어부들은 향유고래 포획을 위해 향유고래들의 유대관계를 모방한 사회관계 체계를 만들기도 했다.—옮긴이)

15 마이크로바이옴은 인체 내 미생물의 생태계를 말한다.(옮긴이)

16 토니 모리슨은 미국의 소설가로 1993년 노벨문학상을 수상했다.(옮긴이)

17 여기서 '싣는다'의 원문은 'To ship'인데, 대중문화에서 두 인물이 로맨틱한 관계로 이어졌으면 좋겠다는 의미로 흔히 쓰이는 말 'shipping'이라는 맥락을 의식하여 이 단어

를 설명하고 있다.(옮긴이)

18 'wine-dark'라는 표현은 호메로스의 서사시 《일리아스》와 《오디세이아》에서 바다를 묘사할 때 자주 동원되는 말이다.

19 연대감(kinship)은 앞의 시 '또 다른 항해'에 나왔듯 '친족관계'를 통한 동류의식을 뜻한다.(옮긴이)

20 테렌티우스는 B.C. 170년경 노예였다가 유명한 극작가가 된 인물이다. 그의 시구 "Homo sum, humani nihil a me alienum puto"가 후대에 자주 인용되는데, 영어로는 "I am a man, I consider nothing that is human alien to me"로 번역된다. 시인 마야 안젤루가 매주 일요일 방영되던 오프라 윈프리의 〈마스터클래스 시리즈〉에서 이 구절을 인용하여, "No human is a stranger to us"라고 했는데 이게 테렌티우스의 정서를 그대로 반영한다. (마야 안젤루는 1993년 빌 클린턴 전 미국 대통령 취임식에서 축시를 낭송했다.— 옮긴이)

21 불과 대장장이의 신.(옮긴이)

22 "이건 우화가 아니야(This is not an allegory)"라는 구절은 플라톤의 《국가》를 인용한 것이다. 제우스에 의해 천국에서 쫓겨난 헤파이스토스 이야기가 다음과 같이 나온다. "But Hera's fetterings by her son and the hurling out of heaven of Hephaistos by his father [Zeus] when he was trying to save his mother from a beating, and the battles of the gods in Homer's verse are things that we must not admit into our city either wrought in allegory or without allegory. For the young are not able to distinguish what is and what is not allegory."

23 책 분위기의 일관성을 위해 나는 이 시집 속 '삭제 시들(erasure poems)'에 사용된 많은 인용문이나 원문에서 'and'를 쓰지 않고 대신에 '&'로 표기했다. 또한 다른 대명사 대신에 '우리의/우리/우리를(our/we/us)'을 자주 썼으며, 필요한 경우에 구두법이나 대문자에 변화를 주기도 했다. (시인의 의도를 살려서 역자 또한 '&'를 대부분 그냥 놔두었다.— 옮긴이)

24 Hensleigh Wedgwood, *A Dictionary of English Etymology*, vol. 1 (London: Trübner & Co., 1859), 72.

25 구약성경 시편 37편 11절에 나오는 "온유한 자가 땅을 차지한다"라는 구절을 변형했다.(옮긴이)

26 '이상한 자매들'을 뜻하는데 오디세우스와의 발음의 유사성을 의도적으로 살려서 쓴 것이다. 전통 안에서 늘 확고한 권위를 보장받아온 서사시의 남성 주인공 대신에 '이상한 자매들'의 연대를 통해서 미약하나마 지금 시대 여성 서사시의 전통을 세우려는 시인의 의지가 읽히는 대목이다.(옮긴이)

27 모세가 이스라엘인들을 데리고 이집트에서 탈출한 사건, 대탈출(Exodus)을 일컫는다.(옮긴이)

28 레퀴엠은 진혼곡을, 랩투스는 황홀경을 의미하는데 발음을 살려서 그대로 적었다.(옮긴이)

29 럭스는 빛의 조도를 말한다.(옮긴이)

30 slash, 사선.(옮긴이)

31 solidus, 비율 사선.(옮긴이)

32 "우리가 어찌 우리 부모님들이 붉고 & 불안하길 바라는가(how we want our parents red & restless)"라는 구절은 페데리코 가르시아 로르카의 시 'Romance Sonámbulo'에서 영감을 얻은 것이다. 로르카 시의 원문은 "Verde que te quiero verde"로, 영어로는 "Green, how I want you green"이다.

33 '피토스'는 흙으로 빚은 항아리를 말한다. 이 시는 그 항아리 모양을 본뜬 실험이다.(옮긴이)

34 피토스에 '죽은 이'를 보관한다는 것에 관해서는 다음 자료를 참조할 것. Giorgos Vavouranakis, "Funerary Pithoi in Bronze Age Crete: Their Introduction and Significance at the Threshold of Minoan Palatial Society," *American Journal of Archaeology* 118, no. 2 (2014): 197-222.

35 '기억술(memoria)'은 서양 고전 수사학의 다섯 가지 규율 가운데 하나로, 암기를 수반하는 것들을 의미한다. 라틴어 메모리아(memoria)는 영어로는 'memory'로 번역되는데, 단순한 '기억'이라기보다는 '기억술'에 가까운 의미다.(옮긴이)

36 "포스트메모리 한은 일종의 역설이다(Postmemory han is a paradox)"라는 구절은 다음 글에서 왔다. Seo-Young Chu, "Science Fiction and Postmemory Han in Contemporary Korean American Literature," *MELUS* 33, no. 4 (2008): 97-121.

37 시의 제목 '누구를 불러야 할까?(Who We Gonna Call)'는 영화 〈고스트버스터즈〉의 동명의 주제곡인, 레이 파커 주니어가 쓴 '고스트버스터즈'에서 왔다.

38 Cameron Awkward-Rich. Excerpt from "Essay on the Appearance of Ghosts." Copyright © 2016, Cameron Awkward-Rich.

39 '죽음의 어두운 계곡(Vale of the Shadow of Death)'은 구약성경 시편 23편 4절에 나오는 "음산한 죽음의 골짜기(Valley of the Shadow of Death)"를 변형한 구절이다. 한편 'vale'은 '잘 가시오'라는 작별 인사의 뜻도 있다.(옮긴이)

40 중국인 노동자의 이주를 금지하는 중국인 배척법(Chinese Exclusion Act)은 1882년 5월 제21대 미국 대통령 체스터 A. 아서가 서명한 법으로 특정 국가나 민족 집단에 초점을 맞추어 자유이민을 막은, 미국 역사상 가장 무거운 제약 중 하나다. 원래 미국과

중국은 1858년 청나라와 러시아, 미국, 영국, 프랑스 사이에 맺어진 텐진조약을 바탕으로 1868년 벌링게임 조약(Burlingame Treaty)을 맺기에 이른다. 이 조약으로 미국과 중국은 양국 간 우호 관계를 확립하면서 자유이민을 인정하게 되는데, 1880년 한시적으로 10년 동안만 이주를 금지하는 쪽으로 법을 개정한다. 그러다 1892년에는 이 법이 강화되고 급기야 1902년 영구적인 조치로 중국인 이민이 완전히 닫히고 만다. 중국인 배척법은 1943년 다시 매그너슨 법(Magnuson Act, 중국인 배척 폐지법(Chinese Exclusion Repeal Act of 1943)으로도 불림)에 의해 폐지된다. 제2차 세계대전에서 중국이 공식적으로 미국과 연합국이 되었기에 가능했던 법 개정인데, 미국을 평등과 정의의 이미지로 내세우기 위한 다분히 정치적인 전략이었다. 1882년 중국인 배척법이 시행되면서 일본인들과 한국인들의 미국 이주가 급증했다. 물론 이 또한 후에 차례로 규제, 제한되었고, 민족별로 쿼터를 두는 등 부분적인 제한을 두다가 1965년 이민과 귀화법이 통과되면서 아시아 국가에서 미국으로 가는 이민자들에게 문호가 대거 개방된다.(옮긴이)

41 여기에서 '남부'로 번역한 원문은 'Dixie'다. 딕시는 1860년 미국에서 분리된 동남부의 열한 개 주를 말하는데 남부를 칭하는 말로 통용된다.(옮긴이)

42 〈트리뷴〉지는 미국 시카고를 중심으로 하는 주요 일간신문으로 1847년 처음 발행했으며 규모가 제법 크다. 헨리 M. 하이드(Henry M. Hyde)는 〈트리뷴〉 외에도 〈볼티모어 선〉 등의 기자로 활동하다가 1951년 세상을 떠났다.(옮긴이)

43 "욕은 우리를 짐승으로 만드는 소리다(a slur is a sound that beasts us)"라는 구절은 루실 클리프턴(Lucille Clifton)의 시 'far memory'에서, 그중 6부 'karma'에서 영감을 받은 것이다. "the broken vows / hang against your breasts, / each bead a word / that beats you." (루실 클리프턴은 뉴욕주 버펄로 출신의 미국 시인, 작가, 교육자로 2010년에 세상을 떠났다.—옮긴이)

44 세실리아(Cecilia)는 워싱턴주 토페니시(Toppenish) 부족의 열여섯 살 난 소녀로 미 정부가 운영하는 기숙학교 치마와 인디언 학교(Chemawa Indian School, 오리건주 세일럼에 위치)에 다니다 당시 유행하던 독감으로 사망했다. 이 시는 당시 야카마 인디언국(Yakama Indian Agency)의 감독관이 세실리아의 엄마 그레이스 나이(Grace Nye)에게 보낸 애도 편지를 '지우고' 다시 쓴 것이다. 당시 독감으로 수천 명의 원주민들이 희생되었는데 세실리아는 그중 하나였다. 가뜩이나 미 정부에 의해 가혹한 방식으로 진행된 재배치 정책으로 인디언 보호구역에 내몰린 원주민들은 가난과 질병으로 절멸에 가까운 위기의 삶을 이어가던 중이었기에 당시 불어닥친 유행 독감은 치명적이었다. 당시 수간호사 데이지 카딩(Daisy Codding)의 기록에 의하면 세실리아가 다니던 학교에서만 150여 건의 감염이 보고되었고 그중 열세 명의 학생이 사망했다. 감독관이 "너

무너무 바빴기에 세실리아의 죽음과 관련하여 특이사항을 이야기할 뭔가도 없어요"라고 한 말이 당시의 긴박했던 상황을 말해준다. 세실리아는 가족과 320킬로미터나 떨어져 있는 상태에서 죽었는데, 이건 당시 원주민 학생들이 처한 일반적인 상황이었다. "원주민 안의 인디언 정신을 죽이고 사람을 구하라(Kill the Indian in him, and save the man)"라는 구호 아래에서 미 정부는 수만 명의 원주민 아이들을 연방 정부가 운영하는 기숙학교에 강제로 넣어 영어를 가르치며 동화정책을 주입했다. 세실리아의 죽음이 보여주듯이, 그러한 '집단학살 교육(genocidal education)'은 원주민들을 정말로 죽일 수 있었다. 감독관은 편지 말미에 "세실리아의 시신이 온전한 모습으로 가족에게 인도되길 바라며, 애도를 표합니다"라고 적었다. 미국에서 가장 오래된 원주민 기숙학교로 치마와 인디언 학교는 지금도 운영 중이다.

Dana Hedgpeth, "Native American Tribes Were Already Being Wiped Out—Then the 1918 Flu Hit," *Washington Post*, September 27, 2020, https://www.washingtonpost.com/history/2020/09/28/1918-flu-native-americans-coronavirus.

"Members of Oregon's Congressional Delegation Continue to Demand Answers Surrounding Chemawa Indian School," Congressional Documents and Publications, Federal Information & News Dispatch, LLC, 2018.

45 야카마 인디언국 감독관이 보낸 애도의 편지, 1918년 10월 29일. 인디언 관리국(Bureau of Indian Affairs).

46 캔자스의 해스컬 인디언 네이션스 대학(Haskell Indian Nations University)에 있는 친구에게 쓴 편지, 1918년 10월 17일. 인디언 관리국.

47 미국 초대 대통령 조지 워싱턴이 여동생 베티 루이스에게 보낸 편지, 1789년 10월 12일. 국립 문서 보관소(National Archives).

48 셀마 엡(Selma Epp)의 이야기. 1918년 독감이 유행할 당시 셀마 엡은 아기였고, 북필라델피아의 유대인 거주 지역에 살고 있었다. Catherine Arnold, *Pandemic 1918: Eyewitness Accounts from the Greatest Medical Holocaust in Modern History* (New York: St. Martin's Press, 2018), 124. (기록에 따르면 유행병 상황이 너무 나빠 셀마 엡을 돌봐줄 의사가 없었다 한다.—옮긴이)

49 마이클 도너휴(Michael Donohue)의 이야기. 1918년 독감이 유행할 때 그의 가족은 장례식장을 운영했다. Arnold, *Pandemic 1918*, 126.

50 가족의 거래 장부에 대한 도너휴의 이야기. Arnold, *Pandemic 1918*, 126-127.

51 시의 제목 'DC 폭동(DC Putsch)'은 1923년 11월 8일과 9일 사이 발생한 히틀러의 실패한 쿠데타 '비어홀 반란(Beer Hall Putsch)'에서 가지고 왔다. 이 사건을 뮌헨 폭동

(Munich Putsch)이라고도 한다. 이 실패한 쿠데타 후에 히틀러는 반역죄로 체포되었다. (그러나 일개 지역 극우 정치인이던 히틀러가 전국구 정치인으로 급부상하는 계기가 된다.—옮긴이)

52 1919년 제임스 웰던 존슨(James Weldon Johnson)이 잡지 〈위기(The Crisis)〉에 쓴 글이다. (〈위기〉는 듀보이스(W. E. B. Du Bois)가 편집자로 참여하여 1910년에 창간한, 유색 인종의 인권을 위한 잡지였다.—옮긴이)

53 제1차 세계대전 동안 미 육군은 여전히 인종적으로 분리되어 있었다. 대부분의 아프리카계 미국인 군인들은 백인들과 분리되어 비전투 임무에 배치되었다. 639명의 흑인 보병 장교, 40만 명의 흑인 사병, 그리고 12명의 흑인 치과 장교와 함께 100명이 넘는 흑인 의사가 미 육군 의무부대 장교로 복무했다. 14명의 흑인 여성이 해군 사무원으로 근무했다. 인종차별적인 행정의 장벽으로 인해 숙련된 아프리카계 미국인 간호사들이 전쟁에 참여하지 못했다. 하지만 1918년 유행병으로 공중보건에 위기가 발생하자 마침내 18명의 흑인 간호사들이 최초로 미 육군 간호부대에서 복무할 수 있게 되었다.

"대부분의 아프리카계 미국인 군인들(Most African American service personnel)": "African Americans in the Military during World War I," National Archives, last modified August 28, 2020, https://research.wou.edu/c.php?g=551307&p=3785490.

"마침내 18명의 흑인 간호사들이 …… 복무할 수 있게 되었다(finally allowed eighteen Black nurses)": Marian Moser Jones and Matilda Saines, "The Eighteenth of 1918 – 1919: Black Nurses and the Great Flu Pandemic in the United States," *American Journal of Public Health* 106, no. 6 (June 2019): 878.

54 인용된 부분은 로버트 페이글스가 번역한 《오디세이아》 8권 548~551행이다.(옮긴이)

55 "Cpl. Roy Underwood Plummer's World War I Diary," Smithsonian, National Museum of African American History and Culture, last modified June 17, 2021, https://transcription.si.edu/project/26177.

56 Douglas Remley, "In Their Own Words: Diaries and Letters by African American Soldiers," National Museum of African American History and Culture, last modified May 18, 2020, https://nmaahc.si.edu/explore/stories/collection/in-their-own-words.

57 '아틀라스'는 어깨에 지구를 짊어지고 있는 거인이다. 시인은 이어지는 행들에서 발음이 유사한 영어 단어들을 이용한 말장난과 연상 작용을 재치 있게 활용하여 시를 끌고 간다.(옮긴이)

58 114~127쪽의 산문 부분은 원래 플러머 상병의 일기장에 적혀 있던 것이고, 운문 부분은 내가 새로운 글쓰기를 상상하며 창작한 것이다. 그의 목소리 안에서 글을 쓰면서, 나

는 그의 정확한 언어를 담아내는 형식을 구현하려고 했다. 하이쿠 형식(일본의 짧은 시가—옮긴이)이 특히 적절했는데, 플러머의 일기 중 많은 부분들이 한 문장에서 세 문장으로 이루어져 있었기 때문이다. 하이쿠는 3행 5-7-5음절 패턴으로 언어의 경제성을 요하는 형식이다.

59 시의 제목 '전쟁: 뭐지, 좋은가?(War: What, Is It Good?)'는 1970년에 발매된 에드윈 스타의 앨범 〈War & Peace〉에 들어 있는 노래 'War'에서 인용한 것이다.

60 Kenneth C. Davis, *More Deadly Than War: The Hidden History of the Spanish Flu and the First World War* (New York: Henry Holt and Co., 2018).

61 Gordon Corera, "How Britain Pioneered Cable-Cutting in World War One," *BBC News*, December 15, 2017, https://www.bbc.com/news/world-europe-42367551.

62 Becky Little, "As the 1918 Flu Emerged, Cover-Up and Denial Helped It Spread," History, last modified May 26, 2020, history.com/news/1918-pandemic-spanish-flu-censorship.

63 "Letters to Loved Ones," Imperial War Museums, last modified December 14, 2020, https://www.iwm.org.uk/history/letters-to-loved-ones.

64 "Soldiers' Mail," The National WWI Museum and Memorial, last modified July 8, 2021, https://www.theworldwar.org/learn/wwi/post-office.

65 "Archive Record," The National WWI Museum and Memorial, last modified September 1, 2021, https://theworldwar.pastperfectonline.com/archive/A346097B-03F6-49BE-A749-422059799862.

66 Michael Corkery and Sapna Maheshwari, "Sympathy Cards Are Selling Out," *New York Times*, April 28, 2020, https://www.nytimes.com/2020/04/27/business/coronavirus-sympathy-cards.html.

67 "USPS Market Research and Insights: COVID Mail Attitudes—Understanding & Impact (April 2020)," United States Postal Service, last modified May 1, 2020, https://postalpro.usps.com/market-research/covid-mail-attitudes.

68 "현재를 빼면 우리 수많은 역사에서 우리는 무슨 자리를 차지하는가(What place have we in our histories except the present)"라는 구절은 D. H. 로런스의 시 'Under the Oak'에서, 특히 마지막 행, "What place have you in my histories?"에서 영감을 받았다.

69 1918년 4월 흑인 연맹(Negro Fellowship League)의 회장 B. 웰스-바넷(B. Wells-Barnett) 부인이 당시 미국 대통령 우드로 윌슨에게 보낸 편지. 편지에서 그녀는 캔자스의 캠프 펀스턴 92사단에 내려온 밸러스 장군의 35번 고시에 대해 항의하고 있다. 이

고시는 당시 시민들이 꺼리는 인종이라는 이유로 흑인 병사들과 사무관들에게 공공장소 출입을 금하는 내용이었다. 국립 문서 보관소. ('배'와 '동료애'의 원문은 'The Ship'과 'The Fellowship'이다.—옮긴이)

70 〈노예선에 대한 묘사(Description of a Slave Ship)〉. 제임스 필립스(James Phillips)가 노예무역 폐지를 위한 협회(Society for Effecting the Abolition of the Slave Trade)의 런던 위원회를 위해 1789년에 발행한 두 장의 인쇄물. 이것이 아마도 가장 잘 알려진 노예선 묘사일 것이다. 노예로 팔려 온 아프리카인들이 정어리처럼 빼곡하게 들어앉은 이미지는 금방 알아볼 수 있는데, 그에 비해 그 아래 인쇄된 서술적 묘사는 마찬가지로 아주 끔찍하지만 큰 관심을 받지는 못했다.

71 이 다큐멘터리 시는 '에이즈 추모 퀼트(AIDS Memorial Quilt)'에 기여한 사람들의 편지를 이용하여 만들어졌다. 이 퀼트는 에이즈로 죽은 사람들을 추모하며 각각 손바느질한 패널로 만든 것으로, 1987년에 처음 전시된 퀼트는 현재 국립 에이즈 기념관(National AIDS Memorial)에 전시되어 있다. 2021년 기준으로, 약 11만 제곱미터에 달하며 4만 8000개가 넘는 패널이 있다. UNAIDS에 따르면, 에이즈 팬데믹이 시작된 이후 전 세계적으로 2720만~4780만 명이 에이즈와 관련된 질병으로 사망했다.

"그 이름들(The Names)": Joe Brown, A Promise to Remember: The Names Project Book of Letters, Remembrances of Love from the Contributors to the Quilt (New York: Avon Books, 1992).

"2720만~4780만 명": "Global HIV & AIDS Statistics—Fact Sheet," UNAIDS, last modified July 1, 2020, https://www.unaids.org/en/resources/fact-sheet. National AIDS Memorial, last modified December 14, 2020, https://www.aidsmemorial.org/.

72 7월은 증오(hate)만큼 더운(hot) 달이 될 수 있다. 누구보다 우리가 이걸 잘 안다. 그 이후 몇 년도 그랬고 1919년의 '붉은 여름'은 흑인들에 대한 백인들의 폭력이 가장 극심하게 자행된 시기였다. 1917년부터 1923년까지 적어도 천 명이 넘는 미국인들이 미 전역에서 인종 간의 충돌로 인해 목숨을 잃었다. 이미 높아질 대로 높아진 인종 간의 긴장이 격화되어 일어난 유혈 사태였다. 1914년부터 1950년대까지 '흑인 대이동(Great Migration)' 시기에 미국 남부 시골에서 북부 도시로 600만 명 이상의 아프리카계 미국인들이 기회를 찾아 이주를 감행했다. 제1차 세계대전이 끝나 백인 참전 군인들이 집으로 돌아오면서 그들은 흑인 노동자들을 구직 경쟁자로 보았다. 해외에서 민주주의를 위해 싸우다 돌아온 흑인 군인들은 고국에 돌아와 기본적인 인권도 보장받지 못하고 버려졌다. 게다가 미국의 인구 밀집 지역은 1918년의 치명적인 인플루엔자가 세 번째 물결로 유행하는 바람에 여전히 휘청거리고 있었다. 그런 상황에서 백인들은 독감 유행의

원인을 아프리카계 미국인들 탓으로 자주 돌렸다.

이처럼 요동치는 복잡한 요인들과 함께 KKK(Ku Klux Klan, 백인 우월주의를 내세운 인종주의 단체—옮긴이)가 활개를 쳤고, 1918년에만 아프리카계 미국인을 대상으로 한 린치가 적어도 64건 이상 발생했다. 1919년 여름 이후 격화된 유혈 사태 기간 동안에 미 전역에서 25회 이상의 인종폭동이 일어났다. 수백 명의 아프리카계 남녀, 어린아이들이 백인 폭도들에 의해 산 채로 불에 태워졌고, 린치를 당했고, 총에 맞았고, 돌에 맞아 죽고 매달려 죽고 또 맞아 죽었다. 수천 채의 집들과 사무실들이 불에 타 흑인 가족들의 집과 직업을 앗아갔다. 백인 폭도들은 아무런 벌도 받지 않았다. 죄 없는 흑인들은 백인들로만 구성된 배심원들에 의해 유죄 선고를 받았다.

미국의 수도 또한 인종테러의 긴장에서 자유롭지 못했다. 7월 말 그 나흘간의 폭력 시위 동안에 적어도 39명이 죽고 150명가량이 다쳤다. 결국 2000명의 연방 군대가 파견되었다. 공교롭게도 폭동에 가담한 백인 시위자들은 제1차 세계대전에서 막 귀환한 백인 군인들이었다.

1919년의 그 분쟁의 시기를 NAACP의 첫 흑인 사무총장이자 흑인 애국가라고도 불리는 'Lift Every Voice and Sing'을 작사한 제임스 웰던 존슨이 '붉은 여름'이라 이름 지었다. NAACP의 잡지 〈위기〉에 존슨은 워싱턴 DC를 바라보던 일에 대해 적고 있다. 시인 클로드 매케이(Claude McKay)의 소네트 'If We Must Die'가 그 '붉은 여름'의 노래가 되었다. 수백 명이나 죽었지만 '붉은 여름'에 대한 국가적인 차원의 추모는 지금까지 없고, 1918년 인플루엔자 희생자들을 위한 추모 또한 없다. 1919년 시카고 폭동에 대한 시집은 Eve. L. Ewing, *1919* (Chicago: Haymarket Books, 2019)을 볼 것.

"1917년부터 1923년까지(1917 through 1923)": William M. Tuttle, *Race Riot: Chicago in the Red Summer of 1919* (Urbana: University of Illinois Press, 1996).

"린치가 적어도 64건 이상 발생(sixty-four lynchings)": "The Red Summer of 1919," History, last modified August 6, 2020, https://history.com/topics/black-history/chicago-race-riot-of-1919.

73 "하, 너무 고통스러워서 / 이런 생각을 했을지도 모르겠다, / 이 시는 다른 누군가가 아닌 / 우리 자신에 대한 것이었다고(Ha, we're so pained, / We probably thought / That poem was about us / & not another)"라는 구절은 칼리 사이먼의 노래 'You're So Vain'에서 영감을 얻었다.

74 여기서부터 아래 행들에서 시인은 소리를 반복적으로 사용하여 두운 효과를 적절히 살린다. "Call us / Colum-abused, / Columbusted, / Colonized, / Categorized, / Cleansed, / Controlled, / Killed, / Conquered, / Captured to the coast, / Crowded,

/ Contained, / Concentrated, / Conditioned, / Camped." 소리 내어 읽을 때 그 연상 작용은 극대화되는데, 특히 'Colum'은 신문의 칼럼이기도 하고 미국을 발견했다고 여겨지나 실제로는 식민지에서의 학살의 역사를 연 콜럼버스(Columbus)와도 연결된다.(옮긴이)

75 2020년 4월 미국에서 팬데믹이 심각해지면서 많은 주와 도시들에 봉쇄령이 내려졌을 때 라스베이거스의 시장 캐럴린 굿맨(Carolyn Goodman)은 카지노를 다시 열기로 하면서 논란의 중심에 선다. "사회적 거리두기를 하지 않을 때 얼마나 죽는지 라스베이거스를 대조군으로 사용하여 실험하도록 제안하고 싶다"라고 한 인터뷰에서 밝힐 정도로 거침없었던 그녀 덕분에 카렌(Karen. Carolyn을 줄인 이름)은 팬데믹 기간 동안에 하나의 상징이 되었다. 단순히 사회적 거리두기에 반대하는 행위뿐 아니라 자기 이익만 좇으면서 걸핏하면 경찰을 불러 사태를 해결하는 백인 우월주의 극보수주의 여성을 지칭하게 되었다.(옮긴이)

76 "살아본 사람은 누구라도 / 역사학자이자 유물이니(Anyone who has lived / Is an historian & an artifact)"라는 구절은 앤 카슨의 시집 《녹스(Nox)》의 "One who asks about things (…) is an historian"이라는 시행에서 영감을 받았다.

77 오늘날까지도 운전자들이 아프리카계 미국인 보행자를 위해서 횡단보도에 차를 정차할 확률은 백인에 비해 일곱 배나 적다고 한다. Courtney Coughenour et al., "Estimated Car Cost as a Predictor of Driver Yielding Behaviors for Pedestrians," *Journal of Transport & Health* 16 (February 2020): 100831, https://doi.org/10.1016/j.jth.2020.100831.
보행자로서 걷는 것은 '공공 공간을 사용하는 사람들이 서로 신뢰하게 되는 어떤 협력의 과정'을 수반한다. Nicholas H. Wolfinger, "Passing Moments: Some Social Dynamics of Pedestrian Interaction," *Journal of Contemporary Ethnography* 24, no. 3 (October 1995): 323-340, https://doi.org/10.1177/089124195024003004.
공공장소에서 보행을 양보하는, 그리하여 권력도 양보하는 것은 '흑인' 혹은 '역사적' 이슈가 아니라, 공유된 공간에서 동시에 발생하는 지위적 상호 행동의 기반이 되는 것이다. 연구 결과에 따르면, 아프리카계뿐 아니라 라틴계 미국인 보행자들은 백인들에게 양보하는 경향이 있다. 여성들은 종종 남성들에게 길을 양보하고, 어두운 피부의 여성들은 밝은 피부의 여성들에게 양보한다. Natassia Mattoon et al., "Sidewalk Chicken: Social Status and Pedestrian Behavior," California State University, Long Beach, last modified July 22, 2021, https://homeweb.csulb.edu/~nmattoon/sidewalkposter.pdf.

78 '이동'의 원문 'displacement'는 강제이주, 퇴거, 이동 모두를 지칭하는 말이다. 이 시에서

는 쫓겨난 존재들이 역사를 움직이는 원동력으로 작용한다는 의미를 담고 있다.(옮긴이)

79 시 '분노 & 믿음'과 '아침의 기적'에 기회를 준 키라 클리블랜드(Kira Kleaveland)와 CBS 〈This Morning〉 팀에 특별한 감사를.

80 시의 제목 '한 나라의 진실(The Truth in One Nation)'과 반복되는 구절 '진실은(The truth is)'은 오션 브엉의 책 《지상에서 우리는 잠시 매혹적이다》 중의 한 구절, "The truth is one nation, under drugs, under drones"에서 영감을 받았다.

81 "무엇보다 침묵이 그렇다(Silence least of all)"라는 구절은 오드리 로드의 책 《침묵이 너를 보호해주진 않는다(Your Silence Will Not Protect You)》에서 영감을 받았다.

82 과도하고 맹목적인 애국주의를 뜻하는 단어 '쇼비니즘(chauvinism)'은 원래 나폴레옹을 숭배했던 프랑스 병사 니콜라 쇼뱅(Nicolas Chauvin)의 이름에서 유래했다. 이 시에서는 2020년 5월 25일 미네소타주 미니애폴리스에서 흑인 시민 조지 플로이드(George Floyd)에게 수갑을 채우고 길거리에 눕혀 질식사시킨 미국의 전직 경찰관 데릭 쇼빈(Derek Chauvin)을 가리킨다.(옮긴이)

83 Yasmeen Abutaleb et al., "'The War Has Changed': Internal CDC Document Urges New Messaging, Warns Delta Infections Likely More Severe," *Washington Post*, July 29, 2021, https://washingtonpost.com/health/2021/07/29/cdc-mask-guidance.

84 시인은 영어의 연상 작용을 효과적으로 이용하여 시를 쓰는데, 여기서 "R. I. P." 아래의 행들이 모두 R. I. P.로 축약된다. "팬데믹으로 파괴된 이들(Ravaged In Pandemic). / 강탈당한 무고한 이들(Rifled Innocent People). / 완전히 파괴된 대체 불가능한 사람들이여(Razed Irreplaceable Persons)"라고 시인은 팬데믹으로 죽어간 이들의 명복을 빌고 있다.(옮긴이)

85 별과 줄이 함께 새겨진 미국의 국기를 'Stars & Stripes'라고 하는데 시인은 '흉터 & 줄무늬(Scars & Stripes)'로 바꾸어 말한다.(옮긴이)

86 이 시의 형식에 대해서는 레일리 롱 솔저(Layli Long Soldier)의 시 'Obligations 2'에서 영감을 얻었다. (레일리 롱 솔저는 미국 원주민 오글라라 라코타족의 시인이자 페미니스트, 활동가다.—옮긴이)

87 (단일 신화는 전형적인 영웅 이야기에서 주인공이 거치는 여정의 원형을 말한다. 대개 초자연적인 지역으로 모험을 떠나 그곳에서 엄청난 힘을 얻고 살던 곳으로 돌아와 그 힘으로 다른 사람들을 도와주는 이야기 구조를 띤다.—옮긴이)

사건들의 시간순 출처:

Ben Casselman and Patricia Cohen, "A Widening Toll on Jobs: 'This Thing Is Going to Come for Us All,'" *New York Times*, April 2, 2021, https://www.nytimes.com/2020/04/02/business/economy/coronavirus-unemployment-claims.html.

Clint Smith, *How the Word Is Passed: A Reckoning with the History of Slavery Across America* (New York: Little, Brown and Company, 2021).

Derrick Bryson Taylor, "A Timeline of the Coronavirus Pandemic," *New York Times*, March 17, 2021, http://www.nytimes.com/article/coronavirus-timeline.html.

Drew Kann, "Extreme Drought and Deforestation Are Priming the Amazon Rainforest for a Terrible Fire Season," CNN, June 22, 2021, https://cnn.com/2021/06/22/weather/brazil-drought-amazon-rainforest-fires/index.html.

Eddie Burkhalter et al., "Incarcerated and Infected: How the Virus Tore Through the U.S. Prison System," *New York Times*, April 10, 2021, https://www.nytimes.com/interactive/2021/04/10/us/covid-prison-outbreak.html.

Josh Holder, "Tracking Coronavirus Vaccinations Around the World," *New York Times*, September 19, 2021, https://www.nytimes.com/interactive/2021/world/covid-vaccinations-tracker.html.

Kathy Katella, "Our Pandemic Year—A COVID-19 Timeline," Yale Medicine, last modified March 9, 2021, https://www.yalemedicine.org/news/covid-timeline.

"Listings of WHO's Response to Covid-19," World Health Organization, last modified January 29, 2021, https://www.who.int/news/item/29-06-2020-covidtimeline.

Thomas Fuller, John Eligon, and Jenny Gross, "Cruise Ship, Floating Symbol of America's Fear of Coronavirus, Docks in Oakland," *New York Times*, March 9, 2020, https://www.nytimes.com/2020/03/09/us/coronavirus-cruise-ship-oakland-grand-princess.html.

"A Timeline of COVID-19 Vaccine Developments in 2021," AJMC, last modified June 3, 2021, https://www.ajmc.com/view/a-timeline-of-covid-19-vaccine-developments-in-2021.

The Visual and Data Journalism Team, "California and Oregon 2020 Wildfires in Maps, Graphics and Images," *BBC News*, September 18, 2020, https://www.bbc.com/news/world-us-canada-54180049.

88 Dustin Lance Black, quote from Academy Originals Creative Spark Series (2014). Used by permission. (더스틴 랜스 블랙은 미국의 각본가이자 영화감독, 프로듀서이면서 LGBT 인권 운동가다. 2008년 영화 〈밀크〉로 아카데미 각본상을, 드라마 〈빅 러브〉로 미국 작가 조합상을 두 번 수상했다.—옮긴이)

89 미국의 의사이자 병리학자로 1984년부터 미국 국립보건원 산하 국립 알레르기·전염병 연구소(NIAID)의 소장을 지내고 있다.(옮긴이)

90 2020년 2월 샌프란시스코 앞바다에 정박 중이던 크루즈선 그랜드 프린세스호에서 코로나바이러스 감염이 발생하여 3800명 전원이 선내에서 검역을 받고 고립되었다.(옮긴이)

91 힌트: 이 퍼즐의 글자들은 2021년 6월에서 7월까지 본 상업광고에서 따온 것이다. 작가처럼 청각처리장애를 가진 사람들은 종종 소리의 순서 & 어순을 처리하고 기억하는 데 어려움을 겪는다. 끝에서 세 번째 문장 & 마지막 두 문장에 대한 원래 광고는 각각 다음과 같다.

Welcome back to the wild(동물원 광고)

Watch movies like they were meant to be seen(영화관 광고)

92 그리스신화에서 엘피스는 희망의 정령으로, 대개 꽃을 든 젊은 여인으로 묘사된다.(옮긴이)

93 원문은 "Ark can also mean the traditional place in a synagogue for the scrolls of the Torah"인데, synagogue는 유대교의 회당을 뜻한다.(옮긴이)

94 "역사가 우리에게 눈을 두고 있기에(History has its eyes on us)"라는 구절은 〈해밀턴〉의 노래 'History Has Its Eyes on You'에서 영감을 얻었다.

감사의 글

이런 말들을 기꺼이 지고 가는 당신, 고맙습니다.

쓰기 쉽지 않았어요, 그러니 읽기도 쉽지 않았을 거예요. 여기까지 오신 당신께 경의를 표합니다.

이 책을 쓰면서 종종 바다에서 길을 잃은 기분을 느꼈어요. 모든 감사는 특별한 순서 없이, 내가 해안에 닿을 때까지 내가 떠 있을 수 있도록 지켜준 이들께 드립니다.

이 책은 로스앤젤레스에서 썼네요, 통바 인디언의 땅이죠. 제가 집이라 부르는 이 아름다운 곳의 원래 주인들에게 고마움을 전하고 싶어요.

이타적이고 지칠 줄 모르는 저의 에이전트에게 특별히 감사드려요. 친한 친구이자 가족과 마찬가지인 스티브 말크, 내가 기진맥진해 있을 때조차도 항상 나를 믿어주고 이 책의 의미를 알아줘서 고마워.

편집자 타마 브레이지스에게 감사드립니다. 이 작업의 비전을 완전히 드러낼 수 있게끔 도와주면서 늘 너그럽고 친절했지요. 펭귄

랜덤 하우스에도 큰 박수를, 마커스 돌, 매들린 매킨토시, 젠 로자, 켄 라이트, 펠리시아 프레이저, 샨타 늘린, 에밀리 로메로, 카멜라 아이어리아, 크리스타 알버그, 머린다 발렌티, 솔라 애킨래나, 애비게일 파워스, 메리엄 메투이, 짐 후버, 오팔 로엥차이, 그레이스 한, 데버라 캐플런, 감사합니다.

공부하는 동안 내내 문학에 대한 사랑을 붙잡고 갈고닦도록 도와주신 영어 선생님들, 셸리 프레드먼(작가가 되고 싶다는 것을 처음 깨닫게 해주셨죠), 알렉산드라 파딜라와 세라 해머먼(고등학교 때 그토록 고통스러운 과정을 헤쳐나가게 해주셨지요), 로라 밴덴버그(도망가지 않고 유령에게 편지 쓰는 법을 가르쳐주셨죠), 크리스토퍼 스파이드(예리하고 친절한 시선으로 제게 현대시를 가르쳐주셨죠), 또 레아 휘팅턴과 대니얼 블랭크(고전과 셰익스피어와 사랑에 빠지도록 도와주셨죠). 또 다른 선생님들—에릭 클리블랜드, 아빠, 생물학에 대한 제 관심을 지지해주셔서 감사해요. 또, 제가 이 글을 쓰느라 바쁜 동안에 제가 살아 있는지, 실제로 먹고 있는지, 매주 문자로 확인해주신 것도 감사해요. 바트 버노카우스키, 제가 작품을 쓸 때 많이 기댄 문화사회학을 소개해주셔서 고마워요. 알바로 로페스 페르난데스, 마르타 올리바스, 잡지 〈템블로르〉 팀, IES 마드리드, 스페인어를 배우도록 그토록 다정하게 돌봐주신 스페인의 주인집 식구들(안녕, 필라르랑 마루차! hola, Pilar y Marucha!) 음…… 아직도 그 몇 개는 기억하고 있다고요.

주간 작가 지원팀, 테일러와 나지아, 우리 토요일 아침 페이스타임 지원팀이 없다면 나 어디에 있을까? (답은 "이 책을 끝내지 못했을 거예요.") 폼폼용 펜으로 치어리더 역할을 해주어 고마워. 필요할 때

재미있는 영상을 보내주어 늘 나를 웃게 만든 사촌 마야도 고마워.

태라 콜과 대니 패스먼, 제 변호사 부모님, 언제라도 끝까지 남는 제 뇌세포 둘, 감사해요. 우리 만난 첫날부터 제 여정을 그렇게나 열렬히 믿어주신 두 분, 두 분은 제게 정말 소중해요.

제 책 홍보 담당자 캐럴라인 선과 제 어시스턴트 로라 하타나카, 제 시간, 저의 정신, 저의 창의성을 늘 최우선으로 여기는 당신들은 (전 별생각 없이 〈스타트렉〉 GIF나 보내지만, 히히) 정말이지 제게는 불굴의 어미 닭이에요. 뒤에서 묵묵히 후원해주시는 코트니 롱쇼어도 고맙습니다.

저를 무한 격려해주는 실비 라비노, 미셸 보한, 로몰라 래트님, 피에르 엘리엇, 브랜던 쇼, 그리고 카마인 스페나, 크게 안아드려요. 나의 맹렬하고 멋진 언론 검투사 버네사 앤더슨과 에린 패터슨, 그리고 AM PR 그룹 모두에게도요.

고등학교 때 글쓰기 멘토들에게도 빚을 졌네요. 비영리단체 '글 쓰는 소녀(WriteGirl)'의 미셸 샤인과 다이나 벌랜드, 수요일 오후마다 시끄러운 찻집에서 푸석푸석한 커피 케이크를 먹는 저와 함께 글을 썼지요. 인디아 래드파는 비욘드바로크센터에서 절 가르쳤죠. 제 전 언어치료사 제이미 프로스트와 저의 정신적 도플갱어 멘토인 블레싱도 고맙습니다.

60개 이상의 도시, 지역, 주의 청년 계관시인들을 돕고 있는 '도시의 말(Urban Word)'에도 감사하다고 소리쳐 전하고 싶어요. 젊은 계관시인으로서 봉사할 수 있는 믿기 어려운 영광을 저한테 이미 여러 번 선물했네요. 지역 커뮤니티의 글쓰기 프로젝트 '펜 하나에 한 페이지씩(One Pen One Page)' 운동을 후원해준 '생생한 목소리들

(Vital Voices)'도 고맙습니다. 미국 시인 아카데미와 젠 벤카, 그리고 니코 멜과 '대중 시(Mass Poetry)'의 지속적인 후원도 감사해요.

동료 시인들의 지지도 너무너무 감사합니다. 트레이시 K. 스미스는 의회 도서관에서 무대에 함께 오른 이후 쭉, 제게는 너무 좋은 수호-시인이었어요. 늘 전화로 스페인어 연습할 때마다 기꺼이 도와준 리처드 블랑코도 고맙고, 2020년 대통령 취임식 시인으로 선정된 직후 바로 전화로 축하하며 정신적 소울푸드를 준 엘리자베스 알렉산더도 고마워요. 좋은 시로 늘 저를 놀라게 하는 시의 마술사 재클린 우드슨, 이브 유잉, 클린트 스미스, 루이스 로드리게스, 후안 펠리페 에레라도 고맙습니다.

몇 년 전 입이 닫혔던 저의 자아에 시를 쥐여준 린마누엘 미란다, 고마워요. 말랄라, 네 우정은 정말 말로 표현 못 하겠어. 오프라, 당신이 이끌어주신 길, 그 광휘 안에 있을 수 있어 얼마나 영광인지요.

메리제 선생님, 제가 너무 자주 아프고 과로해서 너어어어무 여러 번 저를 진찰하러 오셔야 했죠. 하지만 항상 농담과 함께 저를 보살펴주셨고, 그건 훌쩍거릴 만한 가치가 있었어요.

이제 거의 끝나가요. 내 패거리 여자 친구들, 알렉스, 헤일리, 비브, 이 책 쓰느라 그룹채팅으로 내가 너무 많이 앓는 소리 했지.

무엇보다 가족들에게 너무 큰 빚을 졌어요: 열렬하고 멋지고 대단한 엄마, 지금의 저는 엄마 덕분이에요; 재능 있는 나의 쌍둥이, 기저귀 차던 시절부터 죽으나 사나 공범이었던 개브리엘; 할머니들, 제가 먹는지 자는지 비타민을 챙기는지 끈질기게 확인해주셨죠; 시 한 편 끝내려고 몸부림칠 때마다 내 옆에 앉는 복슬복슬한 개 룰루도 고마워. 모두 다, 심장이 뛰는 순간마다 사랑합니다.

하느님 감사해요. 조상님들, 감사합니다.

저는 흑인 작가들의 딸입니다. 사슬을 끊고 세상을 변화시킨 자유의 투사들의 후손이고요. 그분들이 저를 부릅니다. 저는 늘 그분들과 함께 갑니다.

사랑을 담아

어맨다

옮긴이의 말

말해지지 않는 것을 말하는 일

정은귀

어맨다 고먼의 이번 시집은 말해지지 않았던 것을 말하는 일, 감춰지고 숨겨졌던 것을 찾아서 발굴하는 고고학자이자 문헌학자의 작업 같다. 시인은 희망을 잃고 떠도는 난파선 위에서 간신히 말들의 함대를 쌓는다. 원고를 받아 들고 독자로서 읽는 기쁨과 이를 어찌 번역하지 하는 걱정이 동시에 밀려왔다. 시가, 너무 열렬했던 것이다.

다들 아시다시피 고먼은 어린 나이에 미국 대통령 취임식에서 축시를 읽었다. 아프리카계 미국인-여성-하버드 졸업생이라는 조합이 미국 대통령 취임식에서 시를 읽기에 완벽한 조건을 갖춘 듯 보이지만, 그보다 고먼을 특징적으로 만든 조건은 티브이도 없이 싱글 맘인 엄마 밑에서 자라면서 청각 장애로, 말더듬이로 고생한 경험이다. 소리에 민감한 고먼은 시에서 다의어 동음을 이용한 말놀이(pun)를 활달히 활용한다. 소리가 만드는 연상 작용이 시를 재치 있게 만드는데, 번역에서는 참 곤혹스러운 부분이다. 쉬운 예로 "hurting & healing"에서 'h' 음의 반복을 고려하여 "다치면서 & 고치면서"로 할지, "다치면서 & 치유하면서"로 할지, 이런 고민이 매 행간 겹겹으로 있었으니 시를 읽을 때마다 다른 단어를 선택하고픈 변덕을 지그시 눌러야 했다.

46번째 대통령을 맞은 미국에서 대통령 취임식에서 축시를 낭송하게 한 대통령은 네 명뿐이다. 시인들은 어맨다 고먼을 포함하여 여섯 명. 먼저 시인 프로스트(Robert Frost)가 1961년 케네디(J. F. Kennedy) 대통령 취임식 때 '선연한 선물(The Gift Outright)'이란 제목의 시를 읽었다. 단상에 올라간 노시인은 때마침 햇살이 너무 눈부셔 그만 준비해둔 원고를 보지 못하고 암송으로만 끝냈다. 유명한 일화다. "그 땅은 우리의 땅, 우리가 땅의 것이 되기도 전에"라고 미국 땅과 미국 시민의 일체감을 노래한 시였다. 1993년 빌 클린턴(Bill Clinton) 대통령 취임식 때 이 시집에 수록된 작품 '등대'에 소개된 시인 마야 안젤루(Maya Angelou)가 '아침의 맥박에 대해서(On the Pulse of Morning)'란 제목으로 그 땅의 바위와 강과 나무와 사람들을 한데 묶어서 미국의 통합을 노래했고, 1997년 클린턴 재임 취임식에서는 밀러 윌리엄스(Miller Williams)가 '역사와 희망에 대해(Of History and Hope)'를 읽었다. 2009년 오바마(Barack Obama) 대통령 취임식에서는 엘리자베스 알렉산더(Elizabeth Alexander)가 '이날을 위한 축하의 노래(Praise Song for the Day)'를 읽었고, 2013년 오바마 재임 취임식에선 리처드 블랑코(Richard Blanco)가 '오늘 하루(One Today)'라는 시를 읽었다. 그리고 2021년 바이든(Joe Biden) 대통령 취임식 때 어맨다 고먼이 '우리가 오르는 언덕(The Hill We Climb)'을 읽었다.

십 대였던 2017년에 이미 미국 젊은 시인상을 받은 고먼은 자신을 늘 '노예의 후예'라고 선명하게 부른다. 부끄러움이 아니고 자부심 깃든 말이다. 말더듬증을 극복한 사연도 그렇고, 시인의 이력은 난파선 같은 미국에 용기를 불어넣기에 충분했을 것이다. 축시는 메시지를 선명하게 내세워야 하는 부담 때문에 문제의식을 예리하게 벼리기가 쉽지 않다. 고먼 또한 축시를 쓸 때, 통합이라는 메시지를 바이든 측에서 이미 제시해 왔고 시인 자신도 좋은 시를 써야 한다는 압박이 너무 강해 며칠 동안 한 줄도 쓰지 못했다고 한다. 그러다가 팬데믹의 엄중한 시국에 시위대가 국회의사당을 점거하는 사건이 있었다. 이 시집의 시 '단일 신화'의 "장면 11: 전투" 부분에 나오는 장면이 그것이다. 무장한 시위대가 의회를 점거하고 창문을 부수고 경찰을 때렸고 그 과정에서 사람이 죽는다. 미국 민주주의가 최대의 위기에 봉착한 그 장면을 보면서 고먼은 비로소 시를 썼다고 한다. 가끔 예기치 않은 위기가 시인의 닫힌 입을 열게 하고 키보드 위에서 얼어붙어 있던 손가락을 춤추게 한다.

어린 나이에 젊은 시인상을 타고 대통령 축시라는 부담스러운 행사를 한 것이 시인에게는 축복일까, 혹시 역량이 과소비되지는 않았을까, 시인은 그간 어떤 에너지를 응축시켰을까 궁금하던 차에 받아 든 고먼의 시집. 활달하기가 말로 다 할 수 없다. 시집 제목을 가지고 나는 내내 소설가 박완서의《나의 가장 나종 지니인 것》을 생각했다. 시집 제목에서 동사 'carry'는 그냥 소유하는 것이 아니고, 미래까지 계속되는 지향이 깃들어 있는 단어다. 무엇을 가지고 가는가 생각할 때도 좋은 것, 나쁜 것, 부담되는 것 모두를 의미할 수 있는 단어라, 다양한 함의를 가진 우리말 맞춤형이 쉽지 않았다. 그래서 '지니다'라는, 소설 제목에 잘 동원되지 않는 단어로 제목을 만든 박완서 작가의 마음에 기대어 시를 읽고 또 옮겼다.

이 시집에서 눈여겨볼 점은 크게 두 가지다. 사회학을 전공한 시인의 이력답게, 미국의 역사와 문화가 시에 촘촘하게 들어가 있는 것. 특히 미국 문학사가 낳은 걸출한 작가 허먼 멜빌(Herman Melville, 1819~1891)의 그림자가 시집 처음부터 끝까지 드리워져 있다. 허먼 멜빌의 소설《모비 딕(Moby Dick)》은 "Call me Ishmael"이라는 구절로 시작한다. 고먼 또한 시집 전체에서 "Call us"를 되풀이해 말하는데, 이 시집은 그러므로 나를 우리로 바꾸어 부르면서 난파선이 되어버린 미국의 현실에서 우리가 무엇을 찾아가고 무엇을 할 수 있는지를 끈질기게 묻는 작업이다.

허먼 멜빌의 소설《모비 딕》이 1820년 11월 20일 태평양 한가운데서 포경선 에식스호가 커다란 향유고래에 받혀 침몰한 사건에서 영감을 얻어 탄생했듯이, 고먼의 이 작품도 미국과 전 세계가 난파선이 된 두려운 현실에서 출발한다. 시집 곳곳에 지금 현재의 역사를 예견하게 하는 과거의 비극적 사건들이 실제 사료들에서 직접 발굴, 이용되었다. 발췌와 삭제, 파편으로 꾸민 장들은 역사와 시, 사회문화사와 시의 언어가 교차하는 현장을 보는 듯 생생하다. 스페인 독감이 휩쓴 유럽에서 세계대전에 참전한 흑인 병사의 일기를 발췌하여 시로 재구성한 것이나, 남부 흑인 노예들이 북부로 와 자유민이 된 이후의 변화를 보고한 자료를 가지고 팬데믹 이후의 우리 삶에 대비한 것 등은, 지워진 역사의 구석구석을 복원하여 기억하는 것이 시의 질료를 다양하게 발굴하는 의미를 넘어서 시의 임무이자 책임임을 상기시킨다. 시는, 묻힌 목소리의 발굴이고 발견이기 때문이다.

여기서 두 번째, '나'에서 '우리'로 옮겨가는 목소리의 이동이 중요해진다. 고먼의 이 시집은 어떤 면에서는 월트 휘트먼(Walt Whitman)의 뒤를 이어 미국 민주주의의 노래를 부르는 미국의 새로운 서사시고, 또 어떤 면에서는 허먼 멜빌과 토니 모리슨(Toni Morrison)의 뒤를 이어서 말해질 수 없는 것을 안간힘으로 찾아서 쓰는 문학의 본래적 과업을 완수하고자 한다. 그냥 손쉬운 위무를 주는 작업이 아니라, 은폐를 일삼는 역사 안에서 문학의 언어, 시의 언어가 무엇이어야 하는지를 고민하면서 감춰진 것을 발굴하고자 한다. 당찬 시인의 시도는 지금 여기의 우리 시단에도 신선한 문제의식을 주는데, 나는 고먼 시의 가장 큰 힘과 지치지 않는 활력이 '나'에서 '우리'로 이동하는 목소리의 전이에서 나온다고 본다. 그것은 오늘날 개인의 고립된 정서 안에 갇혀 있는 시를 해방시키고, 각자의 외로운 자리에서 깊어지는 시름과 절망을 하나로 묶는다. 연대의 시작 지점인 것이다.

시인이 시를 통해서 슬픔이 만드는 '창문 통증'을 느낄 수 있다고 말할 수 있는 것은, 들려지지 않았던 과거의 숨은 목소리를 발굴함으로써 현재를 새로 만들어나갈 힘을 얻기 때문이다. 과거는 그런 점에서 정직한 미래다. 시인이 지향하는 그 '우리'는 오늘날 시의 자리에 대해서뿐만 아니라 우리의 일상에 중요한 질문을 던진다. '나'의 인식 지평을 '너/당신'으로 확장할 때 만날 수 있는 그 '우리'는 과연 누구인가? 그 범주는? 국가인가, 민족인가, 세대인가, 성(gender)인가, 계급인가?

고먼이 던지는 '우리'에 대한 질문은 오늘날 혐오와 질시에 잘게 쪼개지고 소수자의 인권이 특히 무시되는 우리 사회에 여러 가지 묵직한 생각거리를 준다. 시는 기본적으로 질문하는 언어다. 첫 시, '선박의 적하목록'부터 시인은 일종의 '사후(死後. post-mortem, after death)'의 육신, 사후의 세계, 사후의 언어를 우리 안에 끌어들인다. 힘차게 그려지는 이 시집 전체가 실은 죽음 이후의 시들, 그 잔해들을 모아놓은 것이다. 배가 난파된 후 여러 달을 구사일생으로 떠돌다 동료의 육신을 파먹고 살아남은 에식스호 선원들의 이야기가 실은 우리 이야기와 다를 바 없는 것이다. "최악은 우리 뒤에 있다고 한다. / 그래도 우리는 내일의 입술 앞에 쭈그리고 앉는다, / 우리 자신의 집에서 머리 없는 귀신처럼 멈칫거리면서." 시인은 처음부터 산 사람이 아니라 이미 망해버린 세상에서 귀신처럼 방황하는 우리를 불러온다. 그리고 묻는다. 대체 뭘 해야 하는지. 우리는 모두 귀신이 되어 사라진 목숨을 응시하듯 이 폐허를 보는 것이다.

첫 시부터 세월호의 아이들을 떠올리며 매우 마음 아프게 시를 읽은 역자로서는 이 시집 전체가 망한 혹은 망해가는 세계에 대한 아픈 증언이라고 보았다. 갖가지 욕망으로 뒤틀릴 대로 뒤틀린 이 지상의 삶에 대한 사형선고이며, 썩은 생선 눈같이 흐리멍덩하게 역사를 무책임하게 이끌어온 지난 시절에 대한 강한 질타의 목소리가 매섭고 아프다. 느슨한 형식으로 그림과 이미지를 적절히 활용하여 다채롭게 만드는 지면들 속에서 우리는 어떻게든 이 세상을 바로 세우겠다는 시인의 강인한 의지를 마주한다. 팬데믹을 통과하면서 상실의 경험을 앓은 우리가 그간 우리가 놓친 사람들을 애도하고, 무엇보다 그 이전에 미국 역사가 짓밟은 모든 목숨들을 애도하고자 한다. 그 점에서 이 시집은 역사가 갈라놓은 벽들에 대한 고발이며 인류가 문명이라는 이름으로 착취한 땅과 생명과 여린 호흡들을 향한 사랑이고 돌봄이다.

이 시집은 방주다. 난파선이다. 추슬러지지도 않은 뼈를 실은 난파선이다. '진혼곡', '인간은 얼마나 만신창이인가', '지상의 눈들', '기억술', '속죄', '분노 & 믿음', '결의안' 총 일곱 장으로 구성된 시집에서 각 장은 각각 다른 형식, 다른 목소리, 다른 언어들로 이루어져 있다. 말들의 함대가 얼마나 다양한지, 젊은이의 학자적인 호기심과 탐구심과 상상력이 캐낸 말들은 짙은 역사의 어둠 속에서 떠돌던 빛을 저장한 캡슐이다. 자신이 빚고자 하는 희망이 쉽게 얻어지는 것이 아니라 악몽을 응시하고 난, 죽음을 건넌 이후의 일이란 것을 이 어린 시인은 잘 알고 있다. 시인이 '우리'를 그토록 끈질기게 부르는 것도, 난파선의 잔해를 어떻게든 끌어모으는 사후의 일을 하는 시 작업, 그 지난함을 누구보다 잘 알고 있기 때문이리라.

'인간은 얼마나 만신창이인가'라는 질문은 난파된 세계에 대한 고발 너머를 보는 일이다. 절망과 폐허 위에서 언어를 다시 끌어모으는 일은 우리가 모르는 세계, 잊고자 은폐했던 과거의 역사가 발굴되어 미래로 꿰어 맞추어지는 어떤 신비에 닿아 있다. 시의 질문은 그러므로 새로운 출구를 어떻게든 여는 답을 이미 안고 있는 씨앗과 같다. 슬픔과 상실에 침잠하지 않는 시인의 굳건함은 나무처럼 뻗어나간다. "슬픔은, 유리와 같아서, 거울도 될 수 있고 창문도 될 수 있다"라는 말은 하나가 아니고 둘이 짝이 되어 서로를 더듬고 보살피며 함께 창문을 찾아나가는 지난한 과정을 되풀이해 상기시킨다. 우리가 어떤 인간이어야 하며, 우리는 어떤 세계를 만들어야 하는가를 묻고 또 물으며 시인은 슬픔을 부수어 서로에게 칼날로 겨누는 것이 아니라 슬픔이 만드는 '창문 통증'을 함께 앓고자 우리를 청한다. 그로써 우리는 새로운 길을 열 수 있는 것이기에.

번역 작업은 내내 즐거웠다. 이처럼 다양한 방식으로 실험한 시집은 앞으로도 만나기가 쉽지 않을 것 같다. 시를 읽을 때 미리 이해를 돕는 팁을 되도록 덜 제공하는 것이 좋다고 생각하는 편인데, 이번에는 평소의 신념을 과감히 던지고 각주를 제법 많이 달았다. 시의 실험적인 형식도 문제거니와 문화사회학적 자료와 역사적 사료를 동원하여 지금 시대 미국의 여러 문제들을 한여름의 나무처럼 분방하게 뻗어나가 다룬 활달함, 입체적인 시집의 에너지를 어떻게든 번역에서도 전달하는 것이 중요하다 생각했다. 그림 이미지를 생각하여 글자 수를 맞추고, 온갖 소리를 다채롭게 활용한 구절들의 홍수 속에서 영어와 우리말의 다른 리듬을 최대한 비슷하게 맞추는 번역 작업, 쉽진 않았지만, 재밌었다. 그 시간은 우리가 통과한 팬데믹의 긴 시절을 한 묶음으로 돌아보는 기회이기도 했지만, 미국문학 전공자인 내게는 미국의 문화사와 역사가 시로 바뀌는 변이 과정을 세심하게 들여다볼 수 있다는 점이 좋았다.

난파선 에식스호이고, 노아의 방주이고, 세월호이고, 5월의 하늘하늘한 버드나무이고, 아름드리 떡갈나무인 시집. 온갖 실험적인 에너지가 충만하게 흐르는 시들 속에서 독자는 역사와 시, 서사와 서정, 정치가 하나로 만나는 장을 만날 것이다. 시인의 말마따나, 슬픔이 만드는 '창문 통증'을 고스란히 만나게 하는 말들의 함대가 난파선이 지나가는 자리에 새로운 지도를 그린다. 그래서 시를 좋아하는 사람으로서가 아니라 세계사 공부를 좋아하는 호기심 많은 독자이자 미국문학 연구자로서 이 시집을 독자들께 권한다. 팬데믹으로 숨을 거둔 육신들이 온기 채 가시지 않은 채 입관할 나무 상자도 없이 거리에 누워 있던 시절을 우리는 지나왔다. 나 또한 시 속에 등장하는 기록처럼, 화장지를 사러 이 가게 저 가게를 헤매고 다닌 기억이 있다. 무엇이든, 언제든, 되풀이될 수 있는 재난이다.

파이고 긁힌 세계에서 살아남은 나와 너, 우리에게 시인은 말한다. 새로운 세계를 상상하고 만드는 것은 버릴 수 없는 우리의 권리이자 책임이라고. 지나간 시간의 잔해를 이토록 집요하게 파헤쳐 이렇게나 활달하고 무성한 방식으로 말의 함대를 짓는 시인이 있는 한, 그리고 그를 나누어 함께 눈을 뜨는 독자가 있는 한, 이 세계는 이대로 망하지는 않을 것이다. 차마 말할 수 없는 것을 어떻게든 말하려고 분투하는 시인의 손을 생각하며 시의 언어를 최대한 세심하게 매만지고자 했다. 역자의 고민과 변덕 속에서 크고 작은 실수들을 꼼꼼하게 챙기고 짚어준 양해인 편집자에게 특별한 고마움 전한다.

불러줘 우리를, 우리 지닌 것으로

1판 1쇄 발행 2022년 9월 13일

지은이 · 어맨다 고먼
옮긴이 · 정은귀
펴낸이 · 주연선

(주)은행나무
04035 서울특별시 마포구 양화로11길 54
전화 · 02)3143-0651~3 | 팩스 · 02)3143-0654
신고번호 · 제 1997—000168호(1997. 12. 12)
www.ehbook.co.kr
ehbook@ehbook.co.kr

ISBN 979-11-6737-205-5 03840